L'Archipel du Chien

A Novel

Philippe Claudel

犬列島

菲立普・克婁代——小說
繆詠華——翻譯

菲立普・克婁代／作品集 08

告訴我，幾點才把我運上船？

——亞瑟．蘭波（Arthur Rimbaud, 1854-1891）生前寫的最後一句話

痛過尚能呼吸，汝應歡喜；
一死若能治汝百苦，汝當慶幸。

——賈柯莫．里歐帕迪（Giacomo Leopardi, 1798-1837）

I

汝覬覦黃金，散了一地灰燼。

汝玷污美麗，敗壞清白，任那滾滾泥濤流淌。汝以仇恨為食糧，以冷漠為羅盤。汝自詡清醒，實為混沌造物，終日沉睡，乃昏沉時代之果。汝之悸動如蜉蝣，蝴蝶孵化飛快，初生即為天光燒灼。汝以雙手揉捏貧瘠劣土形塑汝之生命。汝為孤獨吞噬，受自私滋補。汝背棄同胞，失去靈魂，本性因遺忘而發酵變質。

未來世紀將如何評判汝所處之年代？

接下來即將讀到的這個故事，會讓各位覺得極其真實。故事發生在此，也可能在彼發生，因為這個故事太容易也發生在其他地方。故事裡的人物姓名並不重要。姓名可以改。各位姑且易地而處，將自己置身在他們的位置。你們如此相似，都脫自同一個經久不變的模子。

我確定你們遲早會自問這個合乎情理的問題：他告訴我們的，是他的親身經歷嗎？我這麼回答你們：對，是我的親身經歷。就跟你們也曾如此一樣，只不過，你們不想面對；你們向來都不想面對。我是那個提醒你們的人。我是麻煩製造者。任何東西在我面前都無所遁形。我什麼都看得見。我什麼都知道。然而我什麼都不是，我也打算繼續如此。既非男，亦非女。我是那個聲音，如此而已。我要從陰影中向你們講述這個故事。

我要講的這些事發生在昨天。幾天前。一或兩年前。不會再久。我寫「昨天」，但在我看來，我應該說「今天」。人哪，不喜歡昨天。人，活在當下，夢想明天。

這個故事發生在一座島上。一座普通的島。既不大也不美。這座島離它的從屬國家一點都不遠，但這個國家卻忘了它；這座島離另一個大陸比離它從屬的那個更近，然而它卻不知道。

這座島是犬列島的一座島嶼。

在地圖上觀察這群列島，一開始沒人注意到犬。牠躲了起來。孩子們正在努力找牠。女老師（大家幫她起了老女人這個外號）看到他們這麼賣力，覺得很有意思，當她隨後以教鞭尾端勾勒出輪廓時，孩子們都好驚訝。犬倏地一躍而出。他們好怕。就像你還沒摸清某種生物的真正本性，就開始接觸牠，不知道哪天牠會撲向你的咽喉，你自然而然感到害怕。

犬在那，畫在薄薄的紙上。嘴巴大張，獠牙暴出，準備好要扯碎長而黯淡的浩瀚鈷藍地圖，而那地圖上星羅棋布的數字代表海水深度，箭頭則標出潮流位置。犬的上下顎是兩座彎彎的島嶼，舌頭也是一座島嶼，牙齒也是，有的牙是尖的，有的是大大的正方形，還有些就像匕首那般呈尖錐狀。所以說，犬的牙齒，就是一座座島嶼。包括故事發生的那座；整個下頜處唯一有人居住的那座。而那頭廣袤無垠的藍色獵物，渾然不覺自己被犬銜在口中。

島上的生計取決於火山，火山主宰著這座島。數千年間，火山吐出肥沃熔岩與岩渣，島民都稱他布勞*；這個名字聽起來很野蠻。往昔孩子們的歡聲笑語讓島上歡欣雀躍，布勞則害孩子們膽戰心驚。布勞自從上回發過火後，就此忍住。他以雲蒸霧靄為被，每每將火山口埋入其中。他耽於漫長休憩。不時打幾個嗝。嗝聲並不響亮。休眠時神經緊張使然，抖個兩下，又沉沉睡去。

犬骨架其餘部分是一大群小島，大多像餐後遺留桌布上的麵包屑那般微小，此外，這些小島還空無一人，跟我們即將看到的這座島截然不同，它可是人類一鎚一鎚、流血流汗開墾出來的。這座島宛如沉入蔚藍的一小方天地，始終如一。最初，腓尼基人時期，想必是漁民移居此地，這些海盜和小偷後裔沿海航行，在此擱淺，要不就是藏身島上，細數戰利品。

島上有葡萄園、油橄欖園、刺山柑果園。每一畝地，都在在見證著先祖先輩堅忍不拔，韌性十足，與火山爭地。島上的人不是務農就是捕漁，沒有其他選項。年輕人通常兩者都不要，從而

---

* Brau：在加泰隆尼亞語中作「（鬥牛用的）公牛」或作「凶猛」解。所以作者才接著寫「這個名字聽起來很野蠻」。譯者在此採音譯以凸顯作者想表現的擬人化，人稱代名詞也不用「它」，而以「他」代之。

離島，一去不回。就是這樣，而且一直都是這樣。

犬嘴吐出的季節忒煞無情。島民和梯田因夏季而乾涸，因冬季而麻木。淒風苦雨，萎蔫蕭瑟，長達數月。島民的屋舍環遊世界。在照片上。在雜誌裡。建築師、民族學家、史學家共同議決不對本島做出任何處分請求，蓋因其隸屬於人類共同遺產。島民為此開懷暢笑，旋即氣惱不快，因為島上屋舍既不容摧毀，也無法改建。

不住在這些屋裡的人羨慕他們。那些傻瓜。島上以熔岩石打造的屋舍類似矮人族建造的大批茅屋那般嵌縫不良。屋舍對島民苛刻以待。毫不舒適。陰暗又粗糙。置身其中要不窒息，要不凍僵。島民被屋舍團團包圍，鬱悶難耐，最終變得人如其屋。

島上的葡萄酒色呈深紅，帶有甜味，來自一種唯有當地才生長的葡萄品種，*muroula*。纍纍漿果有如鵲鳥眼睛：小而黑，有光澤，不帶果霜。約莫在九月中旬收成後，島民將葡萄曬在葡萄園和刺山柑果園的矮牆上，搭上細網以防鳥類入侵，待葡萄在矮牆上風乾兩個禮拜後再壓榨成汁，隨後將葡萄汁藏於在布勞山側挖好的狹長酒窖，任其在陰暗中發酵。

發酵完後，葡萄酒裝瓶，色如牛血。透著酒，見不到光。這酒乃是幽冥地府與大地之母的孩子，是眾神之酒。酒一沾唇，那滑入口中、淌流入喉的既是陽光與蜜，也是來自世界背陰面那泓不見底的深淵。老人家喝著，總愛說自己同時吸吮著愛神阿芙蘿黛蒂和冥王黑帝斯的乳房。

II

九月某個禮拜一早晨，沙灘上，一切於焉開始。因為暗礁和潮流，所以沒人會去那一帶游泳，又因為它是由火山卵石風化而成，既粗糙又刺人，所以也無法躺在上面。但因為沒有更好的說法，島民只得依舊稱其為沙灘。

老女人每天都到沙灘散步。她原本是小學老師，島上所有人全都上過她的課。她也認識每一戶人家。她生於斯，也將死於斯。從來沒人見過她笑，對她的歲數也毫無所悉，可能離八十歲不遠。五年前，她不得不離開課堂，心不甘情不願。當時，每天一早太陽一出來，她就帶著她那隻眼神憂鬱的雜種狗去散步，那條狗最愛追著海鷗跑。

她總是隻身在沙灘上。這方荒涼之境，看似從北國斯堪地那維亞或冰島撕裂下來，好似是要讓靈魂受苦，而被拋棄於此。不論何時，世上都沒有任何東西能讓老女人放棄在這方荒涼之境沿著海岸邊散步。

那天，那條狗照常跑來跑去，衝著嘲弄牠的大鳥躍入空中。眼見就快下雨，不過天空依然清朗、輕盈、冷冽，大海推來波波惡浪，雖短卻迫人，撞上沙岸，碎成髒污泡沫。

狗驀地止步，吠了一聲，瘋也似地狂奔至稍遠處，約莫五十公尺開外，衝向三具長型物體。拋它們上岸的湧浪，彷彿難以全然割捨，還在搖晃它們。狗嗅嗅那三具物體，轉向老女人，爆出長聲哀嚎。

同一時刻，兩名男子也看到沙岸上那幾樣東西。第一個是亞美利加，一個王老五，有點算種葡萄的，又有點算是雜工，不時都會來這一帶查看海流打上岸的擱淺船隻，看看有沒有從船上掉下來馬口鐵壺、壞掉的船板、漁網、纜繩、浮木，可以撿個現成。他大老遠就看到這幾個奇形怪狀的東西，於是下了運貨的大車，摸摸驢子側身，囑咐牠待在路上別亂動。另外還有劍魚，大夥兒都這麼稱呼他，因為他雖然不怎麼聰明，但無疑是島上最優秀的捕獵劍魚高手，他熟知大劍魚的習性，瞭解牠休憩的海底深處，牠的性情，活動周期，猜得出牠的路徑和牠會如何繞彎逃跑。

那天，漁船都沒出海。天候太差。劍魚幫市長幹活，市長是全島最大的船東，擁有三艘馬達快艇和冷藏設備，除了儲藏自己的魚，另外十個買不起冷藏設備的窮漁民，他們的漁獲也存在那兒。

兩天前，所有人都在海上，一陣風帶走了三個綁著捕龍蝦籠的浮標，這三個籠子是經過市長首肯、劍魚乘了一天一夜的船才放到外海的，箇中漁獲歸他個人所有。

話說那個禮拜一早上，劍魚來到海邊，看看海流是不是把捕蝦籠推了上來。狗的長嘯聲警醒了他。他走到離老女人還很遠的地方，老女人沒聽到他走過去，他看到她突然加快腳步，甚至被鵝卵石絆倒，差點摔跤，不過她自己又站穩了。劍魚感覺出事了。

他看見亞美利加剛下運貨車，也往狗那邊走去。

他們三個，老女人、劍魚、亞美利加，同時來到被一波波拍上岸的浪潮打濕的那幾樣東西附近。狗看看主人，又哀嚎了一小聲，隨後嗅了嗅剛被大海拋回來的……三具黑人屍體，他們僅僅穿著T恤和牛仔褲，光著腳，睡著似的，臉朝下，貼著沙岸趴著。

老女人第一個開口：

「你們還等什麼？快拉呀！」兩名男子互看一眼，隨後就照著老女人的吩咐動手。他們不太知道該怎麼抓住屍體，遲疑了半天。最後終於將屍體挾在腋下，倒著往後拖，並排攤放在暗黑的礫石上。

「不能這樣放著他們就算了！把他們轉過來。」

兩人又猶豫了一下，終於還是把屍體翻向一側，死者的臉就這麼倏地露了出來。

不到二十歲。眼皮闔下，似乎睡得極不安穩，使得他們的嘴唇扭曲，皮膚上還有大塊光潔平滑的紫色斑紋，板著張臉，好像在責備誰似的。

同一時間，老女人、亞美利加、劍魚劃起了十字。狗吠。三聲。再次聽到老女人的聲音：

「亞美利加，你車上有篷布嗎？」

亞美利加點點頭，走去拿篷布。

「你，劍魚，去通知市長。別告訴任何其他人。再跟市長一起過來。少拖拖拉拉。」

劍魚二話不說就跑走了。他一向很怕死。夜裡颳起陣風，聽見大海喧囂，陣風席捲全島，連在屋裡都感覺得到，因為風將大海帶著鹹味的吐沫從門下方、從連結不密實的石頭縫間、從煙囪裡甩進屋內。況且，他還睡得不安穩，在床上輾轉反側，要不就是起床撒泡尿、喝杯水。

老女人和狗待在屍體旁邊，猶如博物館的畫作，起著教化作用。不過我們不知道這幅畫——一望無際的大海，三具黑人青年的屍體，老女人與狗站在屍體旁——呈現出的是何種道德。我們感覺得出這幅畫必定想表達什麼，卻百思不得其解。

亞美利加帶著藍色篷布回來了。

「把他們蓋起來，」老女人對他說。

屍體消失在化學塗層的裏屍布下。亞美利加將大塊礫石壓在篷布邊緣，以免被風捲走，然而風依然試圖從下方灌進去，從而譜出一曲來自馬戲團帳篷，窸窸窣窣，聽了就累人的樂音。

「老師，妳覺得他們是從哪兒來的？」

亞美利加，儘管他四十歲，擁有男子漢的粗壯手指，一張臉皸裂得像塊舊肥皂，此時卻心神不寧，聲音也如孩童般稚嫩。他點了根菸。

「你認為呢？」老女人硬生生說道。

亞美利加聳聳肩，噴了口菸，等著誰來幫他吐出他不敢說出口的事實。可是由於老女人悶不吭聲，他只好嘟囔一句，像是不確定答案對錯的小學生那般遲疑，下巴一揚，遙指黯淡的南方。

「從那邊……？」

「當然是從那邊！他們不會從天而降！你一向不怎麼靈光，不過你跟大家一樣都有看電視，不是嗎？」

III

劍魚沒拖拉，不到半小時，就看到他又出現了。他正從高高的岩石那邊彎過來，由於沙灘被那塊岩石擋住，所以從這邊看不見城裡和港口。市長跟在他後頭，不過，還有另一個身影，胖呼呼的，大包小包，原來是醫生。

老女人看見多了個醫生，恨得牙癢癢。狗上前迎接新來的人以討他們歡心，可惜無人搭理。

「怎麼了？神祕兮兮的，到底是什麼玩意兒？劍魚這傻小子什麼都不告訴我！」市長說道。

劍魚低下頭。市長氣急敗壞。他瘦得像條鯷魚，面色枯黃，頭髮灰白。六十歲，跟他從小就認識的醫生同齡，不過後者的身型卻像個大酒桶，童山濯濯，紅光滿面，一大撮染黑的鬍髭遮住上唇，喘得上氣不接下氣。他身上一襲亞麻套裝，昔日曾經高雅，如今污斑破洞處處。市長則穿著背帶捕魚褲。

「我叫劍魚只通知你。」

「我和醫生正忙著那個該死的溫泉水療中心案子！妳到底要不要告訴我們發生什麼事？」

「讓他們看。」

亞美利加聽懂了她的意思，俯下身，搬開三塊壓在篷布上的石頭。風灌進去，篷布頓時成了身懷六甲的女子。就在這當下，兩隻令人不安的碩大海鷗從天際俯衝而下，擦過這幾個人的頭頂，出於本能，他們把頭縮進肩裡。海鷗一掠過，立即拉起，消失在雲間。

醫生一看到屍體，臉上禮貌性的笑容頓時消失片刻。市長則搬出千年來、甚至更久以前的古老方言開罵，一種摻雜西班牙和希臘詞眼的阿拉伯方言。他一看到篷布底下的東西，頓時理解這發現的嚴重性，抬頭紋數量之多正足以表明他有多憂慮。

但最奇怪的，總而言之，最不真實的，還是一個突然響起的新聲音，不屬於在場任何人，害得眾人全都嚇了一跳，彷彿魔鬼不請自來，現身在他們中間。

思緒混亂的幾個人逐漸回過神來，這才明白，原來眼前所見並不屬於噩夢、電影場景、新聞轉播，或是一頁偵探故事，然而在這個九月清晨，大地一片濕漉，他們並沒聽見有人走近的腳步聲，而那人僅僅重複說了三回「我的天主啊」，就像刺破膿包那般劃破了寂靜，聲音溫柔卻驚恐，聞者無不膽戰心驚，因為沒有人會喜歡自己正當脆弱恐懼之際，被別人逮個正著。於是，驟然被這聲音激怒的幾個人，群起對抗才剛到來的那個人。

連念三遍「我的天主啊」禱詞的是那位男老師。他繼老女人之後接下教職。他不是島上的人，所以可說是個外來者。老女人不喜歡他，不過，很多人她都不喜歡。當然，學校的課她已經放手許久，但他之於她就像個賊。他竊走她的工作。竊走她的學生。竊走她的學校。她討厭他。

男老師有老婆，據說是個護士。她一開始曾找過工作，但無人願意雇用她。隨後，她試圖在學校附屬建物裡開設護理之家。可是島民都自己照顧自己，萬一病況較為嚴重，還有醫生，哪有需要找她。最後她只得待在家中。無所事事之餘，時間益顯漫長。島上的生活千篇一律，令她厭煩。

島民私下說她好比一株擱在窗角、遭人遺忘、乏人澆灌的植物一樣萎蔫。這對夫婦有兩個女兒，雙胞胎。快樂的小雲雀，無憂無慮。兩個十歲的孩子，秤不離跎，砣不離秤，而且兩姐妹都自己玩，不跟別人往來。

那天早上，男老師穿著綠色短褲和白色緊身運動衫，運動衫上還大喇喇地印著電訊業者的廣告標語。他腳蹬運動鞋，像專業運動員一樣，也把小腿和大腿上的毛給剃了，使得皮膚看起來好似女人家的。他每天早上都跑很久，沖過澡後才去教課。他的眼裡如今只有那三具屍體，然而此時其他人卻再也什麼都不看，只一個勁兒地盯著他瞧。

「你在這邊搞什麼鬼？」市長衝著他說。

「我跑著跑著，看到亞美利加載貨的大車和驢子。遠遠又看到你們幾個人。再加上篷布。我就想……」

「你就想什麼？」老女人的語氣跟市長一樣不友善。

「這一切都不正常！八成出了什麼大事。我認出醫生，隨後又是市長……我的天主啊！」

他沒有掩飾自己震驚不已，不像其他幾人，明明也是如此，但寧可被宰、也不願表現出來。儘管男老師身強體健，散發著青春活力，才三十出頭的他卻突然成了個弱不禁風的受造物，連禱文有如關不掉的水龍頭般傾瀉而出，天主之名宛若一絲清泉流淌其間。

老女人幫他關上：

「少把天主扯進來。」

男老師閉上嘴。再也沒人開口。

時候還早。還不到八點。雲頂益發低垂，初現的天光已然不再明亮。海風將浪逕推至這一小群人的腳下，他們往後退了幾步，以免遭海水打濕。倏忽間，眾人感到一陣寒意。

男老師冷得發抖。四肢肌膚好似拔了毛的雞皮。唯有那三具屍體依然沉著、淡定。

市長又開口說道：

「這裡有六個人。我們六個人知道。晚上九點到市政廳會合之前，在場六個人都得守口如瓶。我要想想接下來該怎麼辦。」

「接下來該怎麼辦……？」男老師打著哆嗦問道。

「住口！」市長打斷他。「晚上再討論。從現在開始到那之前，你們中間要是有任何人把這件事透露給不管是誰知道，或是晚上有誰不過來商量的，我就抄起步槍把這人的帳給清了。」

「你打算拿它們怎麼辦？」老女人問道。

「我跟劍魚會想辦法。亞美利加，你的運貨車和驢子留給我們。你們其他人全都可以走了。你也是，亞美利加，我跟劍魚兩個就夠了。晚上見。給我記好了，我可不是空口說白話的！」

眾人各自離去。老女人像沒事似地繼續散步。狗繞著她打轉，樂得很，因為動物只活在當下，對過去一無所知，不知苦難為何物，對未來的問題也毫不在意。

老女人的身影沒入遠方。男老師試圖再度開跑，可他步履蹣跚，最後變成用走的，可說是像機器人那樣漫無目的地亂走，邊走還邊頻頻回望那三具溺水的死屍。醫生和亞美利加朝城裡的方向走遠了，劍魚此時趕著驢子駕著運貨車回來。市長翻找著口袋。

「老闆，你在找什麼嗎？」

「找菸。」

「我還以為你戒了。」

「我開戒了，關你什麼事嗎？」

「我也覺得不關我的事。」

「給我一根你的。」

劍魚把整包都遞給他。市長拿了一根。劍魚幫他點燃。市長閉著眼睛，一口接一口，連吸了兩大口。劍魚邊摸著驢子，邊出神地望著那三具屍體。

「現在呢？老闆？」

「現在什麼？」

「會怎麼樣嗎？」

市長聳聳肩，不置可否，朝地上吐了口痰。

「不怎麼樣。什麼都不會發生。這是個錯誤。」

「錯誤？」

「幾個禮拜後，你就會告訴自己這一切全都是夢。而且，要是你跟我提起此事，要是你問我些什麼，我都會告訴你我不知道你在說啥。懂嗎？」

「我不知道。」

「回憶，可以保留，但也可以刨成絲，像濃湯裡的乳酪那樣。之後，它們就不復存在。這你懂吧？」

「這個我懂。乳酪，不見了，被湯融化，只有味道還留在嘴裡，不過，一杯酒下肚，這滋味就被驅走了，什麼都不再留下。」

「就是這樣。只消一杯酒就驅走了。走吧，老女人在看我們。」

老女人走到一百公尺外就停了下來，甚至一副正往回走的模樣，彷彿她帶著自己單薄如同刀片的身影，和那隻在她身邊打轉的狗，正朝他們走來。劍魚拉起第一具屍體，夾在胳肢窩，市長抬腳，兩人聯手將之抬上貨車，隨後對另外兩具也如法炮製。劍魚用篷布蓋住屍體，綁起來。不一會兒，就只看見那塊藍塑膠布了。市長在權充座位用的板子上坐定，劍魚跟著坐了下去，接過轡繩，驅使驢子掉頭，往小路方向走去。

沙灘重拾平靜寂寥。

IV

對這些角色中的每個人來說，這一天漫長得有如一世紀，看到暮色現身，大夥兒這才鬆了一口氣。當晚九點，市政廳外，夜與海天共一色，融成陰暗的一大團，市長關上議事廳大門，拉上從來沒用到過的天鵝絨窗簾。大片紅棕色的塵埃從窗簾落下，在廳裡唯一奢侈品的兩盞垂墜分枝吊燈周遭飛舞，最後落在圍著橢圓會議桌而坐的眾人頭肩上。

市長過來坐下。他蓄意賣弄，以他那老小孩般的矮小身軀，一本正經地開起閉門會議，不過，他依然一語未發，目光逐一掃過在場眾人：今早沙灘上的那些人，一個都不少。

「我和劍魚已將遺體安置在一個安全的處所，一個沒人找得著的地方，只有我才有鑰匙。」他從口袋裡掏出一小塊不像傳統鑰匙的鋁製品，一樣扁平、未經磨光、但有鑽孔的東西，放在自己面前。留下時間，讓其他人可以看看。

「我一整天都在思考怎麼做才適合，我猜各位也是。」

男老師已經脫下怪裡怪氣的運動服，換上了體面的裝束，表情顯示出他依然激動無比，他立刻打斷市長：

「該做什麼？這還用問?!當然是通知當局！難道還有什麼嗎？今天早上我太震驚了，腦子完全不清醒。我遵守你要求我們大家的，沒向任何人透露，但我不明白我們在這裡做什麼，也不懂你還在等什麼，為何不報警和聯絡預審法官？發現這種東西，竟然還拖了一整天，實在令人瞠目結舌！」

說到這裡，男老師停了下來，看著其他人，尋求支持，但所有人全都低下頭，唯獨醫生例外，他正面帶微笑看著他，還有老女人，她那雙清澄的眸子逼得男老師移開視線，只見他呼吸急促，連吞個口水都困難。市長先打量他一番，這才回道：

「提醒各位，敝人擔任的市長一職，賦予我在本島行使警察職權，而且在島上沒有派出所的情況下，我是全體居民中唯一擁有如此權力的人。想必各位也知道，因為本島素來相安無事，我從沒使用過這種權力。而且，就算敝人不具任何司法管轄權，但此事需不需要驚動到從大陸派調查員或預審法官過來，初步決定還是落在市長身上。」

「三具屍體難道還不需要嗎？」男老師脫口而出。「那得有多少屍體，你才要拿起電話通報？五具？十具？二十具？還是一百具？」

冒昧進言使得他面色泛紅。他再次盯著市長，大夥兒聽到市長牙齒相互撞得嘎嘎作響，雙眼看似也要從眼眶邊緣暴出。市長又開了口，聲音如此之低，非得豎起耳朵才聽得見。

「醫生檢查過屍體。沒有遭受暴力跡象。醫生，萬一我說錯，你隨時打斷我：你沒有看到任何傷口，你正是這麼告訴我的吧？」

醫生正在按摩肚子，微笑表示同意。

「沒有跡象表明這些不幸的人是因攻擊或謀殺致死，他們是淹死的。從沒有擦傷，也不見岩石、魚蟹、船隻的螺旋推進器可能造成的傷口來看，他們在水中的時間並不長。」

「醫生，你有解剖屍體嗎？」男老師打斷醫生，他每說完一句話，就費力嚥下口水，彷彿我們在警匪連續劇裡面聽過上千遍的「解剖屍體」一詞，對他來說過於沉重。

「犯不著，」醫生回道，好心情不受影響。「唉，擺明是溺死的。要不然你以為他們是怎麼死的？中暑嗎？」

劍魚大笑出聲，亞美利加也是。就連老女人那蒼白的嘴唇也在一口灰牙上高高噘起，默默一笑。市長也笑了，只不過他的笑聲聽來好似蛇在嘶嘶作響。男老師就快坐不住，在椅子上扭來扭去，脫口而出，靦腆小男生般的嗓音，跟他那副偉岸魁武的身材毫不相稱：

「你比我更知道，確定一個人是否死於溺水，光檢查表面是不夠的，還得分析比較血液中的鍶、鐵含量和水中這些必不可少的金屬含量。很抱歉跟你提到這些稍嫌技術性的細節，我可不是好為人師，不過是個真相愛好者罷了。」

「可你正是一位老師，」醫生剛從外套內袋掏出雪茄，跟摸女人似地摸呀摸，繼續說道，「而且你說得對。不過，且讓我們思考一下：我們都知道這些不幸的人來自何方，也知道他們打算做什麼。即使我們轉身背對著非洲，不予理會，非洲依然存在，而且十分近，就在幾十海哩外。所有媒體不斷向我們呈現有成千上萬不幸的人，無所不用其極，只為來到歐洲，我們哪能視而不見呢？這三個人想去哪兒，大家心知肚明。他們搭的小船翻了，就跟之前其他船一樣，也像之後還會有的其他船一樣。他們淹死了。大海經常容忍人類溜過它的脊椎，但有時也會被激怒，吞噬掉其中一些。這就是真相，我跟你一樣無比痛心。」

說著說著，醫生都熱了起來，掏出手帕擦乾額頭泛出的汗珠。男老師沉默不語，醫生的長篇大論如同麻醉劑對他起了作用，使得他頭昏腦脹，陷入沉默。市長不理會他，老女人一直盯著他，劍魚仰望天花板，亞美利加正經八百，正在檢查自己的指甲，似乎指甲的髒污驟然令他擔憂，從而陷入呆滯深淵。

就在這時，一陣扒門聲傳來，不是畏畏縮縮的敲門聲，而是一種令人不快的聲音，猶如一截枯枝在風的吹拂下胡亂刮著護窗板，也像小嘴烏鴉，靠著喙和爪想進屋，卻徒勞無功。甚至，在眾人聽出這個雜音究竟是什麼之前，門……慢慢開了，慢到大家可能再次以為門扇是被風吹開的……原來是神父，他戴著近視眼鏡，脖子被假領勒住，好似放了血的雞脖子，而那本該是白色的假領，也因為髒污和用了太久，變得像是一條上吊用的繩子般直發灰，除了這些，神父身邊還圍著幾隻蜜蜂飛來飛去。

市長沒讓他進門，就讓他待在門口。

「神父，請原諒，我們正忙著開重大會議，我沒辦法……」

「你省省吧，」神父說，「我知道你們為何會在這裡。今天早上沙灘上的黑人屍體。有人全都告訴我了。」

「是哪個混帳這麼多嘴？」市長喊道，雙掌往桌面一拍，從椅上一躍而下，一會兒看看這個，一會兒看看那個，一臉凶相，好似隨時要將其他人割喉。

「有人在告解時對我說出這個祕密，」神父續道，「那個人就在現場，沒什麼好怕的，我永遠不會出賣這個人。我只跟這個人說我今晚會過來，別被我的出現給嚇著了。我只想讓各位、男女都一樣，讓各位知道我知道這件事。我與各位同在。」

神父總是予人一種無處不在的印象，就連在他一步都沒踏進的地方也感覺得到他。他從鼻子上摘下又厚、又污濁的眼鏡，眼鏡讓他活像水族箱裡的緋鯉，因為水族箱四壁被藻類染得泛綠而迷失方向，他隨後掀起黑色長袍下襬，慢慢擦起眼鏡，那件長袍泛著樟腦和長期獨身的氣味。

「各位倒是繼續啊。你們方才說到哪兒了？」他一問完，再度戴上眼鏡，並把一隻不想離開他耳朵的蜜蜂放到面前。

市長板著一張臉，使勁擰著手上的自動鉛筆，皮包骨的臉皮似乎繃得更緊了。他八成正在找理由，告訴自己其實神父不算是真正的人，何況神父悲慘孤寂，長時間與虛無交談，已失去辨別現實和這個世界的能力。神父會過來，大概不是因為擔心溺水者的靈魂歸屬，要是他真的擔心，那麼身為市長、而且百分之百無神論的他，自然會願意讓神父承擔撫慰逝者亡靈的使命。至於市長，他才不在乎靈魂、煉獄、地獄，所有諸如此類的救贖廢話。遠距離會計訓練課程教會他，生命不過就是世間種種快樂與苦澀時刻的加總，到頭來，無論你怎麼樣，組成的都是一張收支相抵為零的資產負債表。

然而，光是這樣，神父的話就已經產生影響。圍在桌邊的這幾個人面面相覷，相互懷疑。大家試圖猜出究竟是誰還那麼相信這些告解和寬恕之類的事，才會認為有必要去敲本堂神父的家門，忙不迭衝進教堂，把自己關在布滿灰塵的老舊木頭櫃子*裡。以抒解自己的靈魂。

可以肯定的是，去向神父全盤托出的那位男士或女士，將自己的把戲掩飾得真好，因為神父一說出他全知道，每個人無不狀似受到驚嚇。但說實在的，大夥兒驚嚇至此，誇張得令人不解，因為截至目前又沒人說這是犯罪：沒有人淹死那三個男人，沒人把他們扔進海裡，沒人認識他們，也從沒人遇見過他們。

有必要繼續開會。神父的現身似乎安撫了男老師。也許他認為神父會站在他這邊，跟他一樣要求儘快通知當局。於是他就讓市長發言，不再打斷。

「正如醫生指出的，這些人打哪兒來，我們清楚得很。他們為了逃難。逃離混亂。逃離戰爭。冒著生命危險，爬上隨時可能沉沒的木筏、獨木舟、漂流物。醫生說了：他們不是第一個這麼死去的人，唉，也不會是最後一個。海流將他們帶到我們岸邊，這倒是新鮮，真想不通。」

市長稍停片刻，趁機朝男老師望了一眼，心想男老師不會甘於被沉默悶死，必定會有所回應，豈料後者竟然什麼也沒做，等著他說下去。

「我們的島並非他們的目的地，」市長續道，「搞不好，他們根本就不知道有這座島的存在。結果我們的島卻成了他們的葬身之處。要是我報警，通知預審法官，會發生什麼事？我們會看到這些老是把我們當成老鼠屎，斜眼看我們的大老爺登島，後頭跟著一大堆帶著麥克風和攝影機的記者。一夕之間，我們的島將成為溺死者之島。各位都知道，記者、這些豺狼虎豹的無冕王，搞這種事最有一套。」

* 也就是教堂裡的告解座。

市長繼續說下去：

「要是新聞界突然一窩蜂公布，把我們的島形容得糟糕透頂，那麼，我們要怎麼跟大財團談成開發溫泉水療中心的條件？各位認為這些大老闆還會同意投資一大堆錢來建設本島嗎？我們這片土地以溫泉、風光、葡萄酒、橄欖油、刺山柑著稱，會不會從此變成來自非洲的屍體被沖上岸的葬身之處？我們純淨的水源會不會成為浸泡、醃漬、腐化這些屍體的水域？到時候誰還會想在我們這兒戲水？用我們這兒的水進行水療？吃我們這兒捕到的魚？」

市長停頓片刻，讓眾人有時間將他方才最後那幾句話聽進耳裡，進而在每個人的腦袋裡展開那幅可怕的畫面。

「我是市長，」他接著說，「我對本島的現在負有責任，也得展望未來，我們下一代的未來，我們這兒的工作太少，大多數孩子被迫離鄉背井。溫泉水療中心的計畫會創造就業機會，正式上路後，會有一百來個。這還沒算蓋中心時需要的配套設施。我不要讓這個計畫泡湯。這是我們的機會。讓家家戶戶留在島上，在這裡生養孩子，這些孩子將來也會這麼做。這是我們最後的機會。這三個不幸的人死了，唉，人死不能復生。公開這些，有造成毀滅性影響的風險，卻還是無法讓他們復活。神父先生，莫將我的這番言論視為對死者大不敬。當然，我無權要各位聽我的，但我在此呼籲各位通情達理，但願能喚起各位對本島的責任感和團結意識。」

隨之而來的是長時間的沉默，在座的幾個人愣住，無比為難。八成有人以為坐立難安的男老師會再度發言，挑戰市長的這番話，但他什麼都沒做，只是神經質地搔搔他那一頭羔羊般的金髮。

神父沒再多說什麼。他坐在椅子上搖啊晃地，雙手交叉擱在肚子上。多年來，他的肚子始終呈現烏鶇蛋狀，尖尖鼓鼓的。

「你把他們放在哪裡？」

一片寂靜中，老女人的聲音突然冒了出來，有如玻璃杯打碎在方磚地板上。

「我說過了，一個安全的地方。」

「我又不是問你地方安不安全，我是問你什麼地方。」

「妳知道這個要做什麼？」

「你要不要我們閉嘴？我啊，我要真相。就這樣。」

市長試圖從老女人的眼神中看出端倪，問題是它已消失在乳白瞳孔之後。市長的眼睛迴避老女人的目光，他因為自己的軟弱而惱羞成怒。這時他意識到每個人都在看著他，無一例外，都在等他回答。

「我的冷凍庫。」他壓低嗓音，終究還是說了。

「你的冷凍庫？跟魚放在一起？」男老師看似既義憤填膺又飽受驚嚇。

「那你要我把他們放哪兒？放我床上嗎？」市長勃然大怒，不自覺地折斷了夾在指間的自動鉛筆。

V

當晚十點後，這列怪異的隊伍才在一片死寂中離開市政廳。市長領頭，神父殿後，眾人排成一列，沒入暗黑小巷弄，朝著港口那區前進。港口那兒有叫賣的漁舖、船塢、工場，還有旱塢和冷藏庫。

市長的公司離其他建築物有一小段距離，塗成紅黃二色，有兩個入口：面海的那個可以讓他的三條漁船直接將漁獲運進石板廳，再在廳內進行分類包裝；面對碼頭的那個則是辦公室，同時也是庫房，漁民可以存放設備、修補漁網，確切來說，也充作冷凍庫使用。

大門入口有鐵鍊拴著，市長叫劍魚開鎖。鐵鍊沿著鐵柵門由下往上繞了五、六圈，劍魚一拉，發出了廢鐵聲響，嚓啦嚓啦又嘎吱嘎吱，好像他剛解下苦役犯的腳鐐。劍魚推開柵門，讓市長通過。

這一小群人進了柵門。市長從口袋掏出一串鑰匙，二話不說，挑了一把，插進一扇以三合板加固的厚門上的鎖孔。門扇因為潮濕而膨脹變形，他用肩膀一頂，門開了。市長開了燈，轉過身面對這一小群人，神經質地用手一比劃，讓大家瞭解儘快進去。殿後的神父一進去，市長再度以肩膀那麼一頂，門又關上。

三盞吸頂燈高高在上射出強光，廳裡擺著纜網、漁網、木質和塑料工具箱、浮標、一罐罐的油漆和瀝青、防水裝和長靴、軟木浮筒，都是些漁民儲藏室裡常見、雜七雜八的東西。鹽、乾海藻、燃油、狗毛、菸草的氣味全都和魚的氣味混在一起。一隅有四張椅子圍著個箱子，箱子上擱著好幾只不成套的髒杯子，好像正等著人過來玩牌或聊天。另一個角落則以圖釘掛著好幾張各種馬達品牌的廣告年曆，月分和日期都已是好幾年前的，隨著時間，年曆上的妙齡女郎裸體照已然發黃，一雙雙巨乳也變得蠟黃。

偌大的石板廳最裡頭，看得出有扇鋁門，又高又鼓，新得令人詫異，讓人聯想到科幻片中的太空船。這間就是冷凍庫。市長站在庫房旁邊。

「我們總不至於得在這裡耗上一夜吧！」

每個人都覺得自己來到博物館，發現新大陸似地四下張望：醫生雙手背在身後，以哲學家的漫步之姿來回踱步。神父將擺歪的十字架排正，十字架卡在兩幅色情圖像之間，他假裝沒看到。亞美利加被全新、錚錚發亮的尼龍漁網上的網眼閃得眼花撩亂，愛憐得摸了又摸，但旋即又撂下漁網，跑到瀝青罐那兒，其中有好幾罐將自己糖漿狀的瀝青吐成又細又長的一道又一道，將地面勾勒成女巫的縷縷髮絲。劍魚在一件應該是他的防水衣裡亂翻，不知在找什麼。老女人杵在倉庫正中間，慢慢地原地自轉，以三百六十度的轉動巡視整個空間，簡直就像執達員在拍賣前為每樣東西估價。至於男老師，他悉心注意到一幅壓在玻璃板下的海事圖，看得出圖上是他們這座小島，以及犬列島的其他島嶼。主要海流以淺白色箭頭表示，暗灘帶灰，暗礁呈紫。

市長的聲音將大家拉出白日夢，人人往他那邊走去。只見他已將那把怪裡怪氣的鑰匙插進鎖孔，鎖是他今晚稍早時才剛裝上的。他試了兩次，鎖頭的機械裝置一解開，響起一陣我們拿疏通器通水槽的橡皮雜音，門，終於認輸，開了。

極地氣息頓時僵住每張臉龐，冰冷霧氣同時也讓眾人覆上一層白霜，不禁有自己已遠離塵世，遠離安穩溫暖日子，遠離生氣，進入另一個季節的感覺。眾人同時打起寒顫，因為冷凍庫第一進的溫度維持在攝氏兩度，但也因為他們突然看到木條箱，裡面疊放著前一天的漁獲，僵硬、鍍著銀霜、閃閃發亮，嘴巴對著空中大張，眼睛反射出灰綠兩色的光芒。

大多數箱子裡放著狗魚、鮪魚、岩礁魚、火魚、鯭魚、章魚、帶魚，所有常見的深海魚類，漁民先以漁網掠奪，再用雙手將牠們擺放在冰床上。

兩條大劍魚和一條鮪魚的尾鰭被鉤子勾起，高高懸在天花板上，正在遭受酷刑。大劍魚的吻突猶如已無用武之地的長劍拖在地上，兩雙大眼則在哀求眾人放了牠們。至於鮪魚，碩大無朋，狀似中世紀末法蘭西雇傭的日耳曼步兵，高大肥壯，身披盔甲，歷經大戰，卻沒留下明顯傷痕。牠聽天由命，盯著地板，彷彿正在尋思敗仗的原因。

得先通過這些掛起的大魚，才能進到市長身後的冷凍庫第二進。作為冷凍之用的這個部分，有另外一扇鋁門保護。再一次，門一打開，比之前還更冰冷的霧氣奪門而出，終於把這一群人凍僵了。這會兒，醫生那張笑臉看似在做鬼臉，他的鬍髭跟男老師微微捲曲的眉毛一樣驟然布滿一層霜雪，跟人造雪似的。每個人都在打哆嗦，唯獨老女人沒有，她其實才穿著一件薄薄的羊毛背心而已。

冷凍庫很暗。從裡面散發出來的霧氣僅僅將晦暗的庫房邊上繰出一條有如浮雕般凸起的花邊，霧濛濛的，變幻不定，從外朝內望去，還是看不出個所以然。市長重視戲劇效果，讓他們先在原地停了幾秒，隨後才壓低手把，「喀」地一聲，一盞外科手術用燈旋即照亮冷凍庫，就像有隻調皮搗蛋的手，將他們推到電視攝影棚現場，置身在亮到眼睛看不見的聚光燈下，強光迫使這一小群人閉緊眼皮了一下下。

冷凍庫不到三坪。其中三面牆都安上了儲存漁獲用的擱板。擰在最靠內裡的那面牆上的擱板沒放東西，只有一層凹凸不平、坑坑窪窪的厚冰殼，擱板底座被一小塊冰包覆住，冰還像糖漿似地溢了出來，形成兩處石鐘乳般的尖刺，令人想起貓科動物的利牙。

鮪魚切成一片片，一整個前半身置於右邊擱板上的銀盤中。魚頭完整無缺，兀自傲然地緊黏著一整塊二十多公分的淡紅色魚肉，冰冷使然，這塊水晶般的魚肉隱隱泛著虹彩，不過還沒被鋸開就是。

面對這條鮪魚的另一塊擱板上，他們認出了亞美利加的藍色篷布。極地般的寒冷使得篷布的摺痕和古怪的直角益發明顯。藍色的一大包上露出幾個噴氣孔。

緊緊包在塑膠裹屍布裡的那幾具屍體占去整整一大排的擱板。因為冷，篷布緊貼著他們的腿和腳，使得屍身的輪廓格外明顯，讓人聯想到古埃及石棺，可是在靠近上面頭部處的篷布，因為結凍，反而倒縮起來，其中一人的臉就這麼露了出來，正盯著這幾位訪客。八成也是因為冷凍之故，所以他的眼皮開著，眼睛既沒虹膜，也不見瞳孔；凸起的雙眼，已經成了兩顆不透明的白色玻璃球。

因為冷，神父厚厚的鏡片蒙上一層霧氣，所以他已經摘下眼鏡。神父看不下去，想讓這種空洞、如此不帶人味兒的眼神消失。市長還沒來得及阻止他，神父就已經動手想闔上那雙死眼睛上的眼皮，豈料這種動作根本就沒用，因為那個不幸之人的肉身如今已經跟大理石一樣僵硬。

神父萬萬沒想到的是，不到千分之一秒，自己的手指皮膚就已黏在那對大白眼上，冷，成了最有效率的黏著劑，於是這會兒他發現自己右手大拇指和食指指腹緊緊黏在那蒼白的球體上。

他嚇得哀叫了一小聲，又驚又怕，試著把手拉回來，可是兩根指頭還是黏在死者眼睛上。市長大聲吩咐他千萬別亂來，不要亂動，可是神父驚惶失措之下什麼都沒聽到，市長叫劍魚快去提桶熱水過來。熱水提來後，劍魚的胳臂倏地一使勁，熱水一潑，一聲慘叫，神父終於將兩根手指從屍體眼皮上扯了下來。

這時，大家看到一樣對眾人來說既不真實、又魔幻的東西：一張死人的臉，一張發灰的黑臉，覆滿霧淞的白色鬈鬈頭，眼睛開始淌出血淚，因為冷，立刻就被凍結成一顆顆鮮紅的小珠子。

VI

這座島採豎葬。土地稀少。土地是最珍貴的資產。島民很早就意識到土地必須屬於生者，是為了哺育生者而存在，亡者必須盡可能少占空間。土地完全再也不為亡者服務。

因此，該市公墓看起來就像一塊塊豎著的黑石頭，形狀凹凸不平，高不到一公尺，彼此緊挨著，好似潰不成軍的殘兵楞在那兒發呆，上頭刻著逝者姓名及生卒年月日。

大夥兒在島上一起生活，死亡之旅卻獨自展開：公墓裡既沒有任何公共墓穴，也沒家葬，唯有塚塚孤墳，亡者在墳裡挺直而立，彷彿此生都站得直挺挺。

這三個黑人青年並非死於島上，而是大海如同對待浮木那般，將他們遺棄在海岸邊。沒有人認識他們，他們生前從未觸及過島民生活，唯有死才讓他們與島民交會，但這並不足以影響生者的日常生活。

所有人都走出冷凍庫，神父邊哼哼唧唧，劍魚邊為神父血淋淋的手指纏上綳帶。這時，市長才接著說道，「說得稍微誇張點，就當這三個人從來不存在，海流沒把他們的遺體帶到我們島上，就當作……這也是最可能的……大海把他們捲走，就當作被浸入酸浴那樣，他們在大海深處溶解，沒有人知道他們變成怎麼樣。要是他們身上有能證明身分的文件，那這件事當然另當別論，而且會更難下決定。因為身分證明文件可以將他們跟這個世界、某個國家、某個管理當局、某段歷史、某個家庭聯繫起來。可是他們什麼都沒有。沒有任何東西能讓我們知道他們的姓名、年齡，是從哪個國家逃出來的。沒有任何東西能證明他們是兒子、兄弟、丈夫還是父親。」

「該死的，你弄得我好痛！」神父冷不防大吼一聲，造成打斷了市長說話的效應，也把三隻蜜蜂趕得朝天花板飛去，因為經過冷凍庫那段插曲後，那三隻原本停在神父長袍墊肩上的蜜蜂，這會兒又恢復了生氣。

「我盡力了，神父，」劍魚道歉，「我又不是護士。」

「看得出來，痛的又不是你！」

醫生之前就笑著推掉了為神父包紮手指的任務，稱說自己的手又笨拙、又粗裡粗氣，應付不來這麼小的繃帶，他僅僅強調要劍魚仔細消毒指腹露在外面的肉。而劍魚這個漁民呢，則把瓶底剩餘的葡萄渣酒全倒在傷口上，倒了個精光，痛得神父哇哇大叫。

「各位明白我是怎麼想的，」市長接著說，「而且大家很清楚，我既不是壞人，也不是沒心肝。害這個世界如此多苦多難的又不是我，擺平這件事也不能單靠我一個。將這三具屍體葬到公墓毫無意義。首先，這些人並不屬於我們社群，而且也因為我們連他們的信仰都不知道。」

「很有可能跟我們的不一樣，那這麼一來，將他們葬在一個與他們信仰毫無關聯的地方，對他們簡直就是大不敬。另一方面，正如我當時就告訴各位的那樣，我希望這件事只有我們這幾個人知道，直到死亡那一刻帶著它離去，不要告訴任何人。當然，這得有個前提，這些不幸者的遺體必須消失，沒有任何東西可以繼續證明他們的存在。」

市長稍事停頓，目光掃過每一張臉。大多數人都低著頭，除了老女人，還有那位男老師，他震驚不已，狀似缺氧，一副苦於哮喘病發作的樣子，望著市長。

「我想了一下，將他們託付給大海比較簡單。但如何確保大海不會在幾天後又把他們的屍體打上我們的海岸呢？於是，我就想到把他們葬在這裡、埋在我們島上。這麼做很適合，這裡是他們的葬身之地，他們甚至沒料想過在這邊上了岸。死神把他們帶到這兒，解除了他們的苦痛，他們八成每天都在過苦日子。」

劍魚終於幫神父包紮好，但神父沒怎麼注意聽市長說話，只哭喪著一張臉，邊把手指往厚厚的眼鏡那兒送，彷彿這麼就近檢視，傷口會癒合得比較快。

「不必由我來告訴各位，大家都知道我們這座島上有好多坑洞。祖先把這些深不見底的洞當成天神的嘴巴。我想到可以把這三個人的遺體滑進其中一個洞裡，這樣就完全沒有褻瀆死者或不人道的問題。就某種程度來說，他們也算繼續旅程，終將抵達世界中心，永生平靜。」

每個人都花了很長一段時間，在自己大腦裡反覆思考市長的這番話。而正如大家所擔心的，男老師打破了沉默：

「我是在作夢嗎?!我在作夢！我有被唬弄的感覺！市長先生，你這話說得也太冠冕堂皇了！你打發這些可憐人遺體的方式，就像是把灰塵掃進地毯底下！是否需要我提醒你，我們這兒有些畜生還在繼續把垃圾亂丟進你剛剛說的火山洞裡！你難道是把這些不幸的人當成垃圾嗎？神父先生，針對這一點，我非常想聽聽你的意見！」

神父正凝視著自己纏著繃帶的手指，一臉天塌了下來的樣子，聽到有人提到他，這才抬起頭，不再看著手指。他意識到大家都正望著他，等他發言。他應該有聽到市長的提議，也聽到了市長和男老師的短暫交流，只不過是以一種我們在很遠的地方聽到音樂的那種方式。他長嘆一聲，狀似難以啟齒：

「你要我說什麼呢？你以為我是神父，就比你更懂嗎？我和大家一樣，也有我自己的煩惱，我沒比其他人聰明。問我關於蜜蜂的事情，我倒是當場就能回答，」他邊逗弄著袖上一群往前爬的蜜蜂中的其中兩隻，邊如此說道，「我從蜜蜂身上學到很多，神奇的蜂蜜向來令我著迷。天主若是存在，祂就會在蜜裡！這就是我在這六十九年的生命中和從事聖職五十年來學到的事。即使今天很多人試圖說服我們天主並不存在，或是企圖透過戰爭、屠殺、炸彈、鮮血將另一種信仰強加於我們，但是，想想看，我們用兩根手指頭就能捏死的蜜蜂，就是千千萬萬隻這種昆蟲重複地幹活兒，花粉才轉化成了讓我們生活變得甜蜜的金色花蜜，花蜜將大地所有氣味、植物和風的香氣集於一身，就是這樣，我才更堅定相信天主存在。至於其他的，尤其是這幾個可憐的黑鬼，你希望我跟你說些什麼？」

「你怎麼稱他們『黑鬼』？」男老師氣急敗壞，脫口而出。

神父稍稍抬起頭，目光從髒兮兮的眼鏡鏡片望出去，正在找男老師人在何處……終於找著了，他這才聳聳肩，一臉不以為然。

「那你要我怎麼稱呼他們？」

「黑人，非洲人，人！」

「這樣他們就會活過來嗎？」

「總之比較尊重。『黑鬼』這個詞是一種侮辱，你明明知道！」

「但從我嘴裡說出來並不是這個意思，老師。從我嘴裡說出來不是。我比你年長得多，總之，我來自另一個年代。我小時候大家都這麼說。我念小學，坐在長板凳上的那個年代，老師都說紅番、黃種人、白人、黑鬼。老師就是這樣教會我這個世界。但這並不妨礙尊重。各種膚色的人都是天主的孩子。仇恨和蔑視不存在詞語裡，而是存在於我們怎麼使用它們。如果你要我稱這些男人為『黑人』，我可以稱他們『黑人』。這麼做，能讓你冷靜，能讓你高興，我會這麼做的。但他們不會因此就比較沒死。」

男老師氣到不行，使勁一揮。一隻蜜蜂飛過來停在他的拇指縫上，縮起身子，伸出刺，螫他。他用另一隻手驅趕。蜜蜂跌跌撞撞，飛到神父的領子上。男老師有點意興闌珊，像個小孩子不開心在賭氣，繼續說道：

「你沒回答我的問題。」

「我這就回答，稍安勿躁：天可明鑑，雖然我不見得一向同意天主，但市長說的話並不傻，尤其我們每個人都知道溫泉水療中心計畫耗資甚巨，將會為本島帶來比目前現有的更多慾望、腐敗、錯誤的價值觀和荒淫放蕩……可是，更糟糕的是全世界對我們這塊土地的不當重視，突然間，我們就成了他們好奇的對象，這只會傷害我們，這位老師。」

「我的立場是，儘管我們只知道這些不幸者一生的結局，但今晚所有在場的各位都是被天主選中來記住他們的子民，記住他們的死，也記住他們的生。天主選了我們，讓我們知道這件事，留在心中，就像一個祕密，我們得為他們背起這個十字架，但也為了我們社群的其他成員。」

「這個祕密將會影響我們的生活，我們必須承受它的重量與苦痛，但這樣日後其他人才不會受到影響。況且，市長所提的解決方案也通情達理。就我來看，我看不出葬在我們公墓和送進洞裡有任何差別。就這一點，並沒有任何不敬之處。」

男老師再也忍不住，轉而向所有人尋求支援和支持，但他依然孤立無援。

「如果大家決定我該為這些不幸者的遺體祝禱，」神父續道，「那麼即使我們還真不知道他們信什麼教，也不知道他們有沒有信教，我都會幫他們祝禱。我會這麼做，就像我會幫所有人這麼做是一樣的，因為這是我的牧靈關懷。老師，為了解除你的疑慮也好、驚恐也罷，要是島上有漁民在海上過世，你怎麼說？我們從來不會將他埋進公墓，但這並不妨礙我們為他祝禱，他的靈魂不會因此不得安寧，而他從此依歸的這片廣袤水域，這片環繞我們、哺育我們、折磨我們的大海，比起讓你震驚成這樣的布勞山上的深坑，大海裡的垃圾和髒東西不見得少到哪兒去。因著天主的幫助，我說出了我的感受。」

神父閉上嘴，但緊跟著說出最後一個字，卻突如其來發出一陣呻吟，因為每次布道結束後，他都將手指扳得喀喀作響，但他忘了手指上的新傷口……手指被劍魚包紮得亂七八糟，都發白了。

VII

當天夜裡，男老師八成睡得很差，因為市長在漁獲倉庫建議投票解決，結果全體一致通過，獨缺他那票。

市長隨後提出請劍魚、神父和醫生從旁協助他處理這件事，即便大家感覺得到他說不太出來「下葬」一詞，但他也只能稱之為下葬。在男老師還沒提出要加入之前，他就先把男老師算進去，因為他知道反正男老師也會這麼要求。直到此時，老女人都沒說話，而且就這麼一直沉默下去，至於亞美利加，他肯定很高興大家忘了他，這件事情已經費了他太多時間。除了這些野蠻人的葬禮，他還有別的事情要做呢。

市長說完最後一句話，眾人在夜色中離去。

也就是說，是夜，沒人能真正睡個好覺，因為風持續將其淘氣的呼息送進家家戶戶，從門下、從鉸接不良的窗戶縫，刺激著神經，殊不知根本不需什麼，神經自己就先像蝰蛇般糾結了。當然，折騰這些人靈魂的不僅僅是風……那三具溺水屍體的影像緊巴著眼皮；沒人驅趕得走。

夜裡，醫生覺得有隻冰冷的大手貼在他背上摸呀摸的，還看到有張大到不行的臉對著他，嘴唇青得發黑，正打算在他額頭一吻，他驀然驚醒，收音機的夜光鬧鐘數字顯示為兩點十三分。

他打開很少看的電視，有個政界人士正在講話。六十來歲，膚色古銅，一口牙亮得刺眼。醫生將電視轉為靜音。這個政客和他所有說大話的同儕很像，肌膚悉心以厚妝覆蓋，染髮、要不就是植髮，發紅的皺脖子有如飽食的火雞脖子那般靈活柔順，從永遠都是淺藍色的襯衫領中探將出來。

這張臉讓醫生恍神了一下子，這張臉說穿了也沒什麼大不了，卻讓他忘了那些溺死黑鬼的面容——神父就是這麼既無惡意、又無敵意地稱他們為黑鬼。令他驚訝的是，政客竟然會在三更半夜高談闊論，他們說給誰聽？又為何而說？他沒有勇氣再打開聲音聽政客說什麼，因為他知道，不論哪一個，任何政客都沒什麼好說的，都說不出有深度的東西，也說不出對全球市場深具必要性的東西，比方說我們在書上可以看到的那些。但這些人的職業就是時時刻刻都在說說說，他們一向不聽別人對他們說，而是向來自己說個不停，不說就活不下去，就連最空洞的話也照說不誤，他們的話成了荒唐又魅惑的聲音，賽蓮*的現代歌聲。

他邊聽著風聲，邊熱了爐上平底鍋裡的剩餘咖啡，沒加糖，喝下濃濃的黑咖啡。他點了一支雪茄，拿起前一晚讀到一半的但丁《地獄》**，這本舊書已伴他多年，向來放在身邊。他隨手翻開一頁，低聲讀了幾十節韻文，舌尖顫動發著這些生硬字詞的小舌音，將近一千年前，它們被但丁這麼安排，從此不曾變動，然而從那時到現在，紀念碑、帝國、宮殿、人、國家、君主、信仰，有那麼多東西都已消失。

醫生抽著雪茄，大聲朗誦詩句，朗誦給自己聽，也朗誦給宛如溫暖披肩般環抱著他的夜聽。他喝著咖啡，也喝了點葡萄渣酒。一小杯、一小杯地喝。何其快意。詞語和煙霧飄浮在廚房空中，思緒也隨之飄盪，有那麼短暫、美妙的一刻，這三者奇蹟似地將他吸進它們的虛無縹緲中，讓他忘了自己太過沉重的軀體、年齡，身在何處，甚至忘了自己是誰。

醫生記得兒時在島上巷弄裡奔跑（當時他還跑得動），有時跑到連自己還有個身體都忘了。他感覺玩遊戲的興奮驅動著自己，靈魂成了小惡魔，以笑聲和寒顫為食。他不懷念遙遠的舊日時光。他毫不念舊：他討厭往回看，因為他認不出自己。

唉，到頭來一切都如此掃興：杯底殘餘的冷咖啡驟然令人作嘔；雪茄遭口水浸濕的那幾公分，聞起來既像屎又像尿；葡萄渣酒引得他食道反酸。唯有但丁屹立不倒，始終如是，依然如

---

* *Sirène*：居住在西西里島附近海域的女妖，利用自己的天籟美聲魅惑往返海上的水手，害其船隻觸礁沉沒。

** *l'Enfer*：指的是但丁的長詩《神曲》。全詩為三部《地獄篇》《煉獄篇》《天堂篇》，每部三十三首，《地獄篇》最前面增加一首序詩，一共一百首。

是，但丁從他那個年代開始，便透過文字嘲弄著他。那些論及人類的非人文字。那些文字就像醫生孩提時期的靈魂，堅定又無意識地漂浮在身體上方，而身體則跑在鋪砌得很差勁的存在胡同裡，跑得喘不過氣、跑得快要了命。

醫生回床繼續睡。他有點哀傷，但不太明白為何，這倒也鬆了一口氣。

VIII

兩天後，那三個溺死的人重回大地的溫暖懷抱。幾具冷凍屍體一直都在藍色篷布裡糾結，市長、醫生、神父、男老師、劍魚把它們從冷凍庫搬到市長那輛履帶小車上，這輛車原本是專供他在高地和遠方葡萄園中使用的。

還是在夜裡。太陽兩小時後才會升起。所有人就這麼步履緩慢，跟著那一小輛交通工具——全島唯一一輛不是由動物拉動的車，因為島上既無公路也沒汽車——到了老大跟前。這塊紅色巨岩雄踞在碎石灘上，猶如泰坦族巨人懶散地在那兒將碩大的種子播下。

稍微往下一百公尺處，最差勁的幾座葡萄園貧瘠枯竭，葡萄植株生長如此遲緩，東倒西歪，幾乎聽到它們正在埋怨，得將根鑽得好深，才找得到一丁點賴活必要的水。但這兒也產出島上最好的葡萄，數量慳吝，然而風味絕佳。這座葡萄園歸市長的表弟泥巴所有，他負責道路養護，做得有一搭沒一搭，是一個氣喘吁吁、肥胖、頭髮紅棕色的養路工人，以自己養的兩隻安哥拉貓為妻，外加還是個獨眼龍，因為當年年輕氣盛，某次在港口和人打群架，被人挖去一只眼睛。

那輛筋疲力竭的小車由劍魚駕駛，揚起的塵埃自小路高高飛起。一路上，市長都坐在員工身邊，神父則在拖車上占了個位置，挨著屍體，屍體則像產婦破了羊水，正在漏著水。醫生，面帶微笑，鬍髭染了色，徒步走著，跟得相當辛苦。至於男老師，他年輕力壯，身強體健，外加天真得幼稚，在這些支撐之下，走得毫不費力。

小徑彎彎曲曲，沿著火山山側蜿蜒往上，一行人在小徑可以行車的最盡頭拋下車子，吝嗇的黎明此時露出一絲光芒。遠處，最下面，藍海依然故我，平靜無波。

教堂鐘樓敲了七下，但鐘樓隱而不見，就跟他們那座小城一樣，隱身在懸崖峭壁之後，自此再也看不見。東方一輪碩大的血紅太陽，猶豫著受否要從浪中躍出。在這片令人窒息的死寂裡，大夥兒抬著擔架上的屍體，每五十公尺換手。只有男老師力大無窮，這八成就是跑步鍛鍊的優點，其他幾個，老的老，老菸槍的老菸槍，體弱氣衰，要不就太胖，要不就是沒什麼勁兒去做任何努力。

儘管空氣清新，抵達火山上三個洞的第一個洞口時，這幾個人還是汗流浹背。醫生的微笑如今成了一臉怪相，鬍髭的染料流下，染黑了雙唇。其餘幾人不時驚恐地朝洞中拋去幾眼，拍拍衣服上的灰塵，緩一緩氣。藍色篷布滲著水，水在沙沙作響的塑膠布裡流淌，淚水般大量滴落在地，旋即為泥土吸噬。沒有人敢看屍體，雖然只會看到好大一塊，三具屍體黏成一大團，看起來反而不像人形，而是奇形怪狀，弔詭的是，如此四不像的畸形，看似一大尊雕塑，反而讓人比較不怕。

市長和男老師兩人跑去離第一個洞一百多公尺處檢查另外那兩張暗黑的大嘴。其他人隨意席地而坐。沒人說話。有人在抽菸。神父從長袍口袋掏出祈禱書和襟帶。幾隻蜜蜂也從袋裡飛了出來，繞著主人的腦袋瓜打轉，將神父的頭勾勒出一圈沙沙響的光輪。

兩個偵察兵回來了，市長宣布：位在最高處的那個洞就是馬上會變得最陡峭的入口沒錯，他們往下扔小石頭，無論是他還是男老師，都沒聽到石子彈在兩側洞壁的聲音。失望的嘈雜聲從這一小群人中傳來，因為人人都希望別再把這個重擔往上抬……但是非解決不可。於是一行人繼續上路，這回，神父和他的蜜蜂打頭陣，彷彿從此刻起，這位神職人員自行成了這列隊伍的指揮官。

一行人終於抵達深坑邊緣，洞寬才兩公尺，人人側身俯瞰，如此一來，每個人都知道了，果然什麼都看不見，下面也沒傳上來任何聲響，唯有升起一股潮濕氣味，就像從菸斗斗缽裡吐出一口發霉的菸草味。大白天的，天光消逝，拒絕誕生，一床厚重的深灰色被褥覆蓋著海，太陽則在海裡溶解了。天氣轉為陰涼。額頭和腋下的汗水使得每個人都打著寒顫。這活兒得趕緊幹完，否則硬待在這裡，簡直是在找死。

劍魚和男老師將那一大包放到洞口。幾個人圍成半圓形。神父在篷布上灑下聖水，劍魚眼睜睜看著，目帶不捨，一張全新、漂亮的篷布，可以用好幾年哪。亞美利加已經開口非要他還篷布的錢不可，市長叫他閉嘴，說劍魚會付他這張破篷布的錢，萬一劍魚賴帳，大不了市長自己掏腰包就是。於是，亞美利加這個渾人這才閉上嘴，但仍不無怨憤。而劍魚在那兒，他不喜歡浪費，八成正在想這三具屍體並不需要這麼漂亮的篷布才能走上最後旅程，現在這麼一搞，既失去對生者有用、對死者又毫無幫助的東西，簡直是在第一重罪孽上又加了另一重。

神父念著禱詞，頻頻落詞。大家劃了十字。蜜蜂無聲飛翔，看似也在默哀。隨後神父再次向藍塑料布潑灑聖水，布面此時已經像噴泉泉口那般水流不止。現在就剩把這一大包推進洞裡了。劍魚在市長的鼓勵下使勁往下推。這會兒已經緩過氣來的醫生，將他當天的第一支雪茄銜在齒間，象徵性地幫了劍魚一把。男老師也有幫忙。因為那一大包緊貼著凹凸不平的地面，所以得更用力些。而且，這三名死者還變得不想離開世間。幾乎所有人都一起幫忙，市長一聲令下，「一，二，三，推！」。

每個人猛地平趴在黑壓壓的洞口，肩並肩，氣喘吁吁，定睛朝黑暗深處望去。側耳傾聽。什麼都沒聽見……他們大可認為這三具屍體已落入萬丈深淵，其間完全沒因為山肩、峭壁，甚至落到洞底而撞爛。他們也大可認為它們從沒存在過。大可當成是他們某天酒喝得太多，吃了太多沾上醬汁的肉，在那個糟糕夜晚的不舒服空檔，做了個夢，夢到怪異又令人毛骨悚然的影像。他們大可相信許許多多的東西，讓自己事後好過一點。

IX

隨後的日子，上演著一齣經久不變的戲碼，我們不得不承認，每一位都繼續扮演著自己的角色，恰如其分。也就是說，每一位都繼續演著自己平凡生活中一如既往的場景和動作：每天早上，同一時間，同一地點，老女人去遛狗，就像她多年來那樣，穿過黑礫石灘，經過三具屍體被打上岸的地方附近，沒有顯現出絲毫情緒波動；狗也扮演著狗的角色，跑在前面，跑回後面，追逐海鷗或波浪，無緣無故亂吠亂叫，女主人喚牠時，趕緊輕快地跑回去；亞美利加繼續照顧葡萄園，繼續幫家家戶戶幹點磚瓦活兒。

還有就是鮪魚祭時節即將到來，這個離島出海捕撈大鮪魚的盛會，所有漁民，劍魚，和其他人都一樣，無不備好大網，船體和甲板也都擦得錚亮，為了此一盛會補充好船隻給養，因為鮪魚祭期間的魚獲可是占全年利潤的四分之三呢。

至於神父，他忙著準備冬季用的蜂箱，一邊還繼續為三位篤信天主的信徒和十來隻蜜蜂在教堂主持彌撒，香煙繚繞，燻得蜜蜂都醉了，嗡嗡嗡變得超級亢奮。主持完彌撒後，神父到碼頭咖啡廳度過午後時光，他走到最裡面，窩進老位子，讀著祈禱書、養蜂手冊、體育報刊，他對女子跳高競賽的結果尤其熱衷，對這個田徑項目的興趣永不止息。他經常試圖一下說服這個，一下說服那個，叫他們必須從年輕女運動員的優雅高起之姿中，看出現代版的聖母升天身影，天主之所以創造了跳高，正是為了讓罪男罪女能接近祂啊。

至於市長和醫生，他們每天傍晚都會碰面，要不就在他家，要不就在另外那位家中，一起審查厚厚的溫泉水療中心計畫書。大財團要來做最後一次決定性的參訪，之後將在一月初拍板定案。市長希望以最佳條件歡迎這些投資客，事前沙盤推演，先設想大財團可能會對這項投資案有所保留的種種原因，希望掌握一切能驅散投資者疑慮的論據。

只有男老師並不僅僅因為老師職位而自滿。當然，他認真照顧班級，班上有將近三十個六至十二歲不等的孩童。可是根據劍魚向市長打的小報告（因為市長要他稍微盯著男老師一點）判斷，男老師不是單純在班上教課而已。他早上穿著那套怪裡怪氣的運動服去跑步，可是經過沙灘附近時，會停下來檢查。他走近岸邊，緩緩走在三百公尺長的沙岸上。有時停下來，掃視海平線，彎腰拾起某個看不出所以然的物件，最後扔進水中，又走過去望著海浪，一副想從海浪裡猜出什麼東西的樣子。

「『一副想從海浪裡猜出什麼東西的樣子』？這什麼意思？」

「我哪知道啊，我，」劍魚在倉庫辦公室，站在市長面前說道，邊揉著鴨舌帽，像是想把毛線給拆了。「男老師好像在找什麼。好像海浪會告訴他的樣子。」

擔憂似乎壓垮了市長的肩膀，他拱著腰歪在桌上好幾秒。從辦公室往窗外望去，休息時間到了。漁民捲著菸，要不就是為自己倒杯咖啡。沒人往辦公室這邊看。劍魚畢恭畢敬站在老闆面前，不知該待著還是退下。

「除了海水在唱香頌外，海浪還能對他說什麼？」市長終於又開口，語氣好像若有所思？

「大海，又不會說話。」

劍魚點點頭。他的原則是老闆永遠是對的。這是避免麻煩的不二法門。這套他也用在老婆身上，他因為她的溫柔和美麗娶了她，不過，二十年後，外加生了三個孩子，如今她就像一條配備刺耳嗓音的石斑魚。

「你可以下去了。」

劍魚沒等到市長再說一次，就走出了辦公室。市長靜不下心。蟲慢慢鑽進果子，情況越來越糟。在他不是真瞭解男老師的狀況下，他懷疑，自從埋葬屍體之後，男老師的沉默就隱藏著一項縝密的計畫。問題是，是哪個計劃？

每次跟讀書人打交道都一樣。市長自忖，世界運行得這麼不順，就是男老師這種人害的，拘泥於理想和良善，一心尋求解釋為什麼、怎麼樣，乃至於著魔，自以為瞭解正義與不正義、好與壞，相信這兩個斜坡之間的界限宛若一刀切那般分明，殊不知，經驗和常識教導我們，這些界限並不存在，不過僅是一種約定俗成，是人類想出來的產物，是一種化繁為簡、讓自己睡得著的加工製造。

在醫生回到島上，於斷腸人廣場旁開業之前，他也有過一段相當長的求學時間，與其說他是醫生，還比較像是走方郎中，他就像拖著一口笨重大行李箱那般，拖著自己的憂鬱，掉著淚向病人訴說自己的不幸。即使醫生滿屋子都是書，他並沒有因為這一切而惹惱誰。話說，這些書，醫生還真的會讀，這正是市長最難以置信的地方。兩人長時間埋首於溫泉水療中心開發案後，會抽抽雪茄，喝點葡萄渣酒，醫生鬧情緒，針對社會、國家、司法或諸如此類豪言壯語的評論，並不會讓市長覺得厭煩。他們聊到捕魚和天候、葡萄園和果園，回想起共度的童年，猶如受到相同環境、相同菜餚、相同香氣哺育的同伴那樣，一道神遊於那些時光。

這些時刻撫慰了市長，他這個人什麼都擔心，市長的職責經常成為一種懲罰，然而這懲罰是他自己選擇的，加上他把社群大小事全攬在身上，這一點也徒增煩惱。

有一天晚上，兩人正在審查水療中心計畫需要徵收哪些土地，再次評估補償和轉讓總額之後，醫生邊將葡萄渣酒倒進杯裡，邊警告市長：

「我還是得告訴你，有人跟我說，男老師想租船。」

「租船？」

「租船。」

市長的玻璃酒杯還沒端到唇邊，又放了回去。

「誰跟你說的？」

「病人。我不會告訴你是誰。你很清楚，當醫生的就像神父。注意聆聽，口風又緊。」

「租一條小船嗎？」

「不是。一條真正的船。有引擎的。一條可以出海的船，開得夠遠，堅固又安全。備有導航儀器、無線電、聲納、GPS，還有小小的船艙可供睡覺。我那個病人應該就是這麼說的。」

「租船要幹麼？捕魚？」

「實驗。」

「實驗？」

「我只是跟你重複病人告訴我的話。」

市長的夜晚毀了。他放回葡萄渣酒，掐熄雪茄，因為雪茄突然害他喉嚨痛。「實驗」這個詞害他非常不開心。他嗅聞到這個詞不懷好意，聞了一鼻子臭氣，帶著腐爛味，就像嘴裡有顆蛀牙，肉渣塞在那兒，卡在那兒，也在那分解。

市長推說太累，回到家中，夜裡無法闔眼，老是從床上驚跳而起，就像白帶魚感覺到有漁網靠近時那樣。老伴問他要不要喝杯馬鞭草茶，他說不要。她聳聳肩，又睡著了。她倒是跟睡鼠似的，睡得又香又甜。

這個毛頭小子在打什麼壞主意？他想實驗什麼？想也知道，一定和那三具屍體有關，但市長摸不清屍體那件事和租船之間有何關聯。

拂曉日光從百葉窗縫隙插了進來，值此時分，這一切仍在他腦海裡翻攪。他沒有看得比較清楚，但無論如何，他已做出決定：這麼愛運動的男老師，大可到處跑去找船，可是沒有人會願意租他。他要盯著這事。

市長把話傳下去並不難，尤其島上船隻原本就不多，更何況鮪魚祭即將到來，每條船都得派上。不過，還是有剩下幾葉扁舟，要麼是屬於老漁民所有，他們雖然不再出海，卻還是留下漁船，裝裝樣子，自己騙自己說還有可能出海，畢竟心想才會事成；要麼就是寡婦見船如見人，在停泊碼頭的船隻上看見已故丈夫的身影，永遠缺席的血肉因而得以延續，即便餘生過得淒慘落魄，世上也沒有任何東西能讓她們把船賣掉。

不賣，搞不好願意租？

市長四下登門拜訪，沒花他多少時間。中午，他推開咖啡廳的門，滿臉堆笑，幫在場所有顧客買單。他得到他想要的東西。這並不困難。承諾一些有的沒的，兩三張鈔票，有時，萬一這樣還不夠，他就提醒大家男老師不是本地人，他不在島上出生，他跟大家不一樣，光聽他說話、看他的樣子就知道。總之，出生、社群、原籍就是最好的理由。文明正是透過這種方式而得以建立與強化。

男老師很快就感覺到有人下了令。一扇扇門開了又關上，嘴巴亦然，有的甚至連開都沒開。男老師並不堅持，但也沒因此放棄計畫。於是，大家才會在某個禮拜六看到他搭上渡輪，島上渡輪一週兩班，行駛於島嶼和大陸之間。他老婆和雙胞胎女兒一路陪著他來到碼頭。他拎著一只小旅行袋，看來只會短暫離開。那一週的禮拜一放假，以紀念許久之前的停戰日，可是他禮拜二就得回學校上課。

是日天氣明亮，溫度宜人。予人一種夏天想再碰碰運氣、重臨大地的錯覺。男老師親親妻小，隨後上了船。大家看到他直接就往空蕩蕩的候船大廳一坐，行李置於身邊，打開很多人都猜是他用來寫詩的那本筆記本。

船長吹響號角，下達出發命令，塗有黑、橙二色的沉重船體旋即掀得港口水域洶湧翻騰，遠遠朝大陸駛去，島上的人向來看不出大陸的海岸在哪兒，但他們知道是在那邊，往東北的方向。

X

大家原本等著男老師搭禮拜二一大早的同一班渡輪回來，結果並非如此。前一天，也就是禮拜一傍晚，他就回來了，太陽當時射出的光芒浸入港口水域，在暮色中顯得已然黯淡。

當他們剛看到一艘從沒見過的船時，起先並不知道是他，那人笨手笨腳，操作了好一陣子，才終於成功駛抵兩座浮橋中的其中一座。那位駕駛員關掉引擎，只見他的身影在窄小的船艙裡忙了好一會兒，當他走出船艙，走上浮橋，扔出纜繩，隨後繫上，眾人這時才認出開船的原來就是男老師。

這條船叫阿爾戈斯*號，男老師之所以選它，莫非是因為這個船名？想必他相當熟悉阿爾戈斯的神話。

他沒錢把船買下來，連租一整年都沒辦法，從他試了好幾遍，才能將船符合規定地靠在浮橋

* Argus：希臘神話中的百眼巨人。

邊這一點，就看得出他不是熟練的水手。大家還注意到，一般船上通常會放置漁網和工具箱的地方，這條船卻放著一些全然不同的東西，好幾個白色的龐然大物，一個個互相緊挨著，可是還沒能看出個所以然之前，男老師又關上了艙門，還用掛鎖鎖住。

從這天起，直到九月底，男老師不跑步了，而是一有空就出海航行，尤其是週末，他趁著這段時間把老婆和兩個女兒留在島上，獨自離家兩天。當然，好幾條漁船都看過他停在某個地方，用雙筒望遠鏡觀察那一望無際的大海，也有漁船在海上跟他的船交錯而過，但每次的地方都大不相同，毫無邏輯，也沒有清晰可辨的意圖可以彼此連結。

有人向市長報告這件事，他從此夜不成眠。最後他終於召見男老師，他有權這麼做，因為就行政上來說，學校隸屬於該市，雖然他並非男老師的直屬上司，但畢竟稱得上是他的雇主和房東。為了讓這場會晤別那麼鄭重其事，也避免情緒化的男老師有中了圈套的感覺，市長特地邀請他到家中，在有「美廳」之稱的那間廳室接待他。所謂的美廳，其實倒不是因為真的有多美，而是因為其規模，那是全島家家戶戶裡最大的一間。

市長一向不會踏進美廳一步。他和醫生一起工作時，比較喜歡在廚房，廚房讓他想起自己深愛的母親和外婆，雖然她們已經過世，一想到她們，他還是經常會有幸福的感覺。那間美廳，正好相反，讓他聯想到死亡，因為就在那兒，在那張覆蓋白布的油橄欖木桌上，往昔有親人過世，家中都習慣將清潔過、換上節日的盛裝、梳妝過後的遺體擺在桌上。

他太太每星期都用亮光蠟著實把桌子擦得錚錚發亮，使得密不通風的空氣中瀰漫著又暖又軟的蠟味，她還把結婚用的大湯碗放在桌上，擺上一束乾燥花、幾樣粉紅色和鍍金小擺飾。有的人覺得這些小擺飾像天使，也有人覺得像海豚、像燕子，或是像一對年輕的牧羊男女，小擺飾的顏色還會根據濕度高低而變化。然而市長就是忍不住彷彿看到父親的遺體出現在桌上。

他十三歲時，父親就因為一樁所謂的襲擊事件而一命嗚呼。可能是動脈驟然爆裂，釋放出一波波鮮血，蔓延全身，從皮下一直流到臉上。父親的臉一瞬間就一片猩紅，直到死去都一直維持著這個顏色，甚至連他躺在桌上也依然滿臉通紅，使得他那死去的父親予人一種印象，好像他硬忍著怒火，隨時都在威脅要把氣出在孩子身上。

廳裡有兩張鋪著刺繡背飾的扶手椅，市長請男老師在其中一張坐下，問他要不要喝點咖啡還是酒，然而來客兩者都婉拒了。市長注意到男老師很緊張，這讓他覺得當中必有蹊蹺。他也花了很多時間關心男老師他太太和兩個女兒的近況，隨後又提及氣候異常，天氣又熱了起來，好一段時間甚至還留下男老師獨自一人，因為他聲稱自己的前列腺很難伺候，害得他不得不常跑廁所，這當然絕對是假的。

市長上完廁所回來，男老師的恐慌情緒更加嚴重。

「不如談談你那艘漂亮的船吧？」市長笑著問道。

「啊，終於談到這上頭了！你就是為了這件事才叫我來的吧？」

「你的『實驗』成功嗎？」

「成功時，我一定第一個通知你，市長先生。」

「可以知道一下是哪種性質的實驗嗎？」

眼前跟他說話的對象竟然這麼窮追不捨，男老師看似詫異。他結結巴巴，準備說點什麼，猶豫了一下，同時探詢市長的目光。市長好像縮小了，身體也融化了，只剩下眼睛，目光炯炯，熾熱又專注，像個小鈎鉤似地在男老師臉上來回探索，試圖進入他身體裡，切開肌膚，鑽進骨頭，粗野地潛入顱骨，深入大腦組織，勾出他的思緒。

「你私下查了半天，難道還沒查出個所以然嗎？我很驚訝。」男老師費了好大勁兒才說出這句話，語畢才緩過氣來，不過臉又紅了。

「你答非所問，」市長不理會男老師話中帶刺，硬是不放過他，繼續追問。

「反正我也沒什麼好隱瞞的。我大白天做實驗，研究水流。」

「水流？」市長笑著重複道。

「水流。我想知道那幾個人的屍體怎麼會被沖上我們這座島的沙灘，那完全不符合任何邏輯。」

「難不成你認為海洋歸邏輯管？」

「我談的是物理邏輯：物體被扔進某個地方的水裡，水流會將它帶到另一個地方。然而，水流是已知的，因季節不同，只有稍微變化，你不需要我教你這些，你比我更懂。人蛇集團收取天價，承諾會讓這些人登上大陸，我重建偷渡途徑，沿著這條路線上的不同點丟出好幾個假人，總共丟了十個。目前為止，都沒被海水打回沙灘。一個都沒有。」

「有時大海會慢慢來。它的節奏不是人類的節奏，」市長不再微笑，提出異議，「換句話說，我不懂你想證明什麼。」

男老師首度放膽笑了笑，好像長跑甚久那般喘著粗氣，還一邊絞著雙手。市長等著。打造這個男人的機制跟他的不一樣。這男人是個瘋子，受其敏感度支配，是它的奴隸。他會幹到底。現在市長很確定而且剛剛才明白：什麼都阻止不了他。男老師很可能將這件事視為一種使命，一個崇高的目標，藉以忘懷自己那悲慘又不穩定的現狀，他那耗費精神又沒多大成就感的教職，他那沉悶的人生？

打仗時，有一種人會對周圍肆虐的子彈和遭機關槍掃了一地的屍體視而不見，反而會直挺挺地衝出戰壕，還邊吼著叫大家跟上；他就是那種人。日常生活裡連隻蒼蠅都不敢殺，革命期間把同類送上斷頭台，眼睛倒是連眨都不眨一下；他也是那種人。正是這種男人依然沉溺於童年及其空想之中，卻藉信仰之名，屠殺非我族類，毫不留情。殊不知，人的世界是調節、協調、讓步的結果，男老師這種人不適合這個世界。這種人專門出些白痴、殉道者，要不就是屠夫。而市長，他可完全無意充當這種人的受害者。

「你很快就會知道。現在請容許在下告退，我還得為明天備課。」

不待市長回答，男老師已經站了起來，以一種相當戲劇化的方式行了禮，努力掩飾害他嘴唇和雙手顫抖的膽戰心驚，簡直像個無比溫和的大男生，不知道什麼悲傷的原因，忍著別哭出來。他走出美廳。

市長被他惹毛了，窩在扶手椅裡若有所思，又待了好一陣子。身邊的時鐘，以劈柴般的聲音標誌著每一秒，讓他想到一個小小的、跟節拍器似的、不知疲倦為何物的伐木工人，不知道正忙著幹什麼活兒。隨後廚房傳來老伴的聲音。她喚他吃飯。他不餓。男老師害他沒了胃口。

XI

九月二十八日週五和二十九日週六，發生了兩樁值得注意的事，激起某些人更多緊張情緒。

週五中午，有兩個小孩在沙灘上發現男老師的假人模特兒。他們不知道是男老師的，於是就跟碰到的第一個大人說了。當時神父正提著兩桶蜂蜜，從養蜂場回來。

他陪這兩個孩子來到沙灘，一看到人體模特兒，老眼昏花，眼鏡度數又不合，有那麼一會兒，還以為是一尊異教徒崇拜的偶像，於是便衝著那玩意兒揮了揮念珠上的十字架，還要孩子們跟他一起劃十字，連珠炮似地念起經來。

那兩個男孩子，比神父入世一點，向他指出這不過是游泳池用來訓練救生員和救援人員的填充式人體模特兒。軀幹如人體般大小，重量跟人體一樣，是將鉛填入塑膠材質中製成。他們把它翻過來，這才意識到模特兒背上有留言，請發現這東西的人通知某人。那個人的名字就標示在模特兒上半身：是他們男老師的名字。還有他的地址。除此之外，模特兒腹部還有一個號碼，以羅馬數字寫著「IX」。

兩個孩子和滿頭都是蜜蜂環繞的神父敲門時，男老師和太太、孩子正在餐桌上吃午飯。後來，任何人想聽神父講述這件事，神父都說，他們告訴男老師發現了一具人體模特兒，男老師臉色大變，甚至沒等他們說完，便朝沙灘奔去，匆忙到連繫在頸間、以免弄髒襯衫的餐巾都忘了拿下來。

兩個孩子走了。神父和蜜蜂在男老師家門口待了片刻。師母和兩個小女孩來到門邊，滿眼疑問。神父三言兩語交代了一番。師母長嘆一聲。

「只有他的模特兒才重要。不知道他是怎麼了？我都快不認識他了。」

「我好像從沒在教堂見過妳。」四眼田雞神父邊說，邊湊近師母的臉，想把她端詳清楚。一隻蜜蜂停在雙胞胎之一的前臂，正在她那清新、鮮嫩的肌膚上進行牠那昆蟲漫步。小女孩非但不怕，反而用食指輕輕撫摸著這隻一咪咪小的生物的毛茸背部，怪的是，蜜蜂竟也任由她摸。

「我不信天主。」這女人回道，語氣平淡，神父硬是解讀成是一種遺憾。

「太遺憾了。信天主可以得到莫大庇佑。」

「誰告訴你我需要庇佑的？」

「有誰膽敢如此傲慢，斷言自己不需要呢？」

隨後兩人就談些日常瑣事，因為神父從許久以前就不再嘗試勸服任何無神論者信教。宗教令他疲累。大家覺得，其實是連神父自己都沒那麼信天主了，他繼續假裝，為的就是別棄最後幾隻羔羊於不顧。然而，某天他講道時，竟告訴他們天主已經提前退休，害他們聽得十分刺耳。

「一旦自己感覺年紀到了，不光是首都各部會公務員要求只做七成的工作，我相信天主也一樣。祂正在逐步停止活動。這都要怪我們。」

嘩啦嘩啦，一陣拉椅子的聲音中，兩個老太婆走出教堂。其中一個甚至寫信向主教告發神父大不敬的褻瀆言論，信中滿是錯誤和聖水。不過主教可能還有其他迷途貓咪有待鞭笞，使得這名朝參暮禮的女信徒從未收到回音。

神父忍不住，幫兩個女孩上了一堂簡短的養蜂課。他叫其中一人去找了個碗，倒了一點他的蜂蜜進去，這才告辭。

儘管人體模特兒的重量讓他得以抱舞伴的方式緊緊摟著，男老師從沙灘回來時，依然健步如飛。餐巾還是圍在脖子上。亞美利加的驢子拖著運貨大車趕上男老師，他建議男老師帶著那個說不出是什麼名堂的玩意兒上車。陽光照亮一片景緻，周遭葡萄園曬在矮牆上的串串葡萄慢慢乾了，散發出的甜蜜氣息越來越濃郁。

「我快到了。沒關係。謝謝。」

「難不成你要娶她？好歹她不會是個討厭鬼！」

男老師對這個笑話沒反應，亞美利加只得自己乾笑。男老師開始出現疲態，亞美利加駕著車，默默跟在他身旁又走了一會兒，隨後聳聳肩，抽了驢背一鞭，驢子沒有噴鼻息表示不滿，小步跑了起來。

男老師班上好幾個學生都說，那天下午，男老師的狀態不正常，他叫大家乖乖寫作業，作業多到最小的幾個最後趴在課桌上睡著了，最大的則無聊到胡思亂想。

課間休息結束，他忘了叫學生回來上課，任由他們在操場吵翻天，對學生的喧譁聲充耳不聞，只顧埋首在小本子上寫些不知道什麼東西，反正八成不是詩就對了。他把模特兒放在教室角落，黑板下方，就在辦公桌旁，他邊寫，邊不時朝模特兒瞄上幾眼，一大幅海圖就攤在面前，他還在上面測量距離。

當晚，他還忙到深夜。劍魚向市長報告，說男老師屋裡的燈一直亮著，直到凌晨兩點。

「我在巷子裡都凍死了。」

「我付你的錢可不是白付的。」

「恕我冒昧，你付我錢是叫我去捕魚、釣魚。」

「那你就跟自己說這也算一種釣魚形式。這樣行嗎？」

劍魚閉上嘴，試圖搞清楚市長剛剛這話是什麼意思。他們倆都沒再多說什麼。禮拜六。一大早。七點鐘。市長召集老女人、神父、亞美利加和劍魚來到醫生家中。全員到齊。眾人全都坐在候診室。醫生過來跟他們會合，他端著托盤，托盤上放著一杯咖啡，笑容可掬，這是他的習慣，就算宣布無可救藥的重症或是病人行將就木，微笑也始終掛在嘴邊。微笑就像一張面具。沒人確切知道面具後面是什麼。

「好，」市長喝了一口熱呼呼的咖啡，臉皺成一團，他把杯子放回托盤，這才開口說道，「我之所以請各位過來，是因為我需要各位。需要你們來搞清楚狀況。」

經過這番開場白，他那張臉還是皺成一團，這幾個人終於不禁自問，究竟是因為太燙或太濃的咖啡，還是因為從他嘴裡說出的話？市長把男老師這三個禮拜以來的活動交代得一清二楚，又回頭提起大家都已經知道的那些要點，添加一些只有某些人知道、而且這些人甚至還向他報告的其他重點。最後以一樁事件作為終結：前一天，有人體模特兒被海水打上沙灘，男老師下午在學校叫學生拚命寫作業，而且搞到三更半夜才睡覺。劍魚打了個長長的哈欠，彷彿想讓最後一點更具可信度。

「目前進度就到這兒。」市長緊握雙拳，捶著瘦削的大腿，如此總結道。

現場陷入一片沉默。屋裡充斥著呼出來滿是咖啡味的氣息，令人微微作嘔。

「你說你需要我們來搞清楚狀況，自己又不說實話。」

說話的是老女人，粗聲粗氣，彷彿嗓子裡滿是礫石，那天早上所有在場者都記憶猶新，自己兒時有好幾年就是被這聲音嚇大的，唯獨神父除外，因為他從小就被送到大陸的神父院就讀。

「你很聰明，」她繼續說下去，「一向都是。你需要我們，不是為了搞清楚，而是為了分擔。」

「分擔？分擔什麼？」市長目瞪口呆，冒出這句，未免也太目瞪口呆了點。

「你的重擔。你要的不是我們幫你釐清狀況，而是幫你分擔。你靠我們來減輕你的負擔。」

劍魚和亞美利加茫然地互看一眼。這一切都超出他們理解範圍之外。這是哲學。這比喝得爛醉還更教人頭疼。醫生含笑品嘗咖啡。神父的頭早就轉向天花板，一副完全事不關己的局外人狀。

「你是在說中文嗎?!」市長脫口而出。

「少在那邊講風涼話。我的意思，你清楚得很。你不要獨自承擔，寧願我們大家一起淹死。你要拉我們一起墊背，把你知道的一切告訴我們，好讓我們成為你的共犯。」

「據我所知，又沒人犯罪！」

「還沒有。可是已經死了三個人。」

突然，在同一時刻，嘈雜聲傳進候診室，好像有火車從遠方隆隆開過來，行進速度慢歸慢，但聲音流量逐漸增大，流進牆壁，流進地裡，滲入椅腳，沿著支撐椅腳的稜邊往上，鑽進坐在椅子上的身體裡，若有似無的震動就此蔓延全身。同一時刻，托盤上的咖啡杯開始歌唱，托盤好似有了生命，彷彿服務生過世了，但靈魂正打算端起托盤往廚房裡送。神父劃了個十字，念起經來。其他人既沒表現出驚訝，也沒顯得害怕。他們等著。嘈雜聲大約又隆隆隆了十來秒，這才平息。

布勞又回去休眠。

「好久沒這樣了！」亞美利加說，死寂比大地震動更讓他難受。

「十四個月又三天。」醫生明確指出，他一絲不苟地紀錄火山爆發狀況，既非出於利益，亦非作為教學研究，純粹只是興趣。他講完這句話後，並沒有因此跳到別的話題，而是回到剛剛的談話。

「男老師的認真和毅力不容否認。他是個知識淵博的人，正在尋找方法讓自己的知識臻於完善，照亮黑暗的地方。男老師試圖理解這些人的屍體為何會被海水打上我們的島，再怎麼說，這是他的權利。問題是，萬一他有意分享自己的發現，將其訴諸文字，還塞進信封寄出，那這樣可就棘手了。」

「寄給誰？」市長打斷他。

「寄給除了我們以外的人。」

「他為什麼要這麼做？」劍魚問那天早上在候診室裡開會的這些人，他一向不喜歡候診室這個等同是傷口和疾病代名詞的地方，令人揪心哪。

「因為虛榮心作祟。」神父說。

「因為自負。」老女人說。

「因為他笨。」市長說。

「因為他天真。」醫生說。

只有亞美利加什麼都沒說。劍魚轉向他，等他開口說句話來結束這陣連發炮，但亞美利加偏偏想不出來，他只張開雙手，向劍魚展示兩手空空，表示他說不出來。劍魚看看他那卡著水泥和污垢的掌紋，想起有些算命仙會透過手相預測未來。他想試試看，不過只看到大大小小、一道道的細密紋路，彼此擠壓來、擠壓去的幾何形狀。混沌。混亂。總之，他沒看出個所以然。

大夥兒就這麼各自離去，沒能進一步討論出什麼，也沒能做出什麼決定。話說回來，又有什麼決定好做的呢？老女人針對市長做的推測應該沒錯。市長要的，的確是想讓大家感到同在一條船上，雖然拜時間所賜，他們已經與發現屍體那天早上相隔甚遠，但，同樣這幾具屍體，跟比利時的高酒精濃度啤酒一樣，始終填了他們一肚子酸味。他們其中有一個人不想獨自承擔；他們必須全部一起分擔。

XII

當天早上十點多，渡輪依照慣例吹響三聲號角後駛進港口。

乘客很少，幾個登陸去辦事的居民回來：藥丸，這位因畸形足和因肝病而受肌膚蠟黃所苦的藥房員工帶回了醫生每週訂的藥；兩名老嫗，大家雖然不太知道她們是否是親姐妹，還是暱稱她們為好姐妹，兩人每年都在同一時期過來探訪堂表親戚，一直待到耶誕節；隨後還有一張生面孔，中年人，不高不矮，不胖不瘦，既不年輕也不年長，完美體現了大眾臉一詞，就是任何人都不會去注意的那種人，即便他指指點點、挑三揀四，端咖啡的服務生還是會忘記的那種人，就算女人家和他擦身而過，也不會注意到他存在的那種人。

那男子拎著手提箱，就是當年還得走遍大江南北做生意的那種人類物種會拿的那種手提箱。

他最後一個下船，來到堤岸，東張西望。從他的眼神和略為猶豫的姿態，不難看出這是他頭一次踏上這座島。男人意識到港口只有一家咖啡廳，所以選擇有限，於是便逕直朝咖啡廳走去。

三兩漁民憑桌而坐，正聊著即將到來的鮪魚祭和預期收益，推算日期，他們必須離港的確切時間，因為每個人都還在等著出海信號。

島上最年長的漁民組成了一個人數精簡、非官方的漁社；每年出海信號就是由漁社發出。誠如某些動物受到自己體內流動的血、本能和慾望引導，會回到某些地方，藉以延續愛、狩獵、死亡的遠古儀式，耆老某天會不約而同來到防波堤盡頭，坐在最後一條長板凳上，面對大海。

島民靜候這一刻。這段期間，全島無人膽敢霸占那條長板凳，當大家看著他們直直朝長板凳走去時，全市空氣中充滿電子粒子，眾人屏息以待，從遠處監看，有時甚至派上雙筒望遠鏡，邊竊竊私語，試著猜出漁社耆老彼此在說什麼，邊等著他們發言，等著他們指示。耆老們莊嚴持重，言簡意賅，卻足以讓到目前為止都還昏昏沉沉的這個小碼頭充斥尖叫、行動、千姿萬采，搖身一變，驟然成為一個活蹦亂跳的地方。

咖啡廳的門沒關。那男子走進來，向廳裡的顧客打了招呼，他們看看他，並未回禮，他似乎不以為意。他注意到最裡面的角落有位身著教士袍的神父正埋首於運動報，試圖透過鏡片厚重的眼鏡在讀報，邊輕輕驅趕蜜蜂，只見蜜蜂有如擁擠機場的飛機那樣，時而飛來飛去，時而輪流在運動報的紙頁上方迴旋。男子走近吧檯，手提箱置於腳邊：

「一杯在地葡萄酒。」

只有外地人才會這麼說。島上居民從來不會以這種方式表達，島民只會說「給我一杯酒」，因為這裡唯一供應的酒飲就是島上的在地葡萄酒。每個人都拒絕喝別種。這是攸關顏面的問題。

咖啡廳老闆什麼都沒說，抓起玻璃杯和瓶子，將酒液倒進杯中，男子看似相當欣賞它那近乎黑莧菜的色澤，從褲兜掏出鈔票放在吧檯上，先聞一聞，才將酒送近嘴邊。

顧客和咖啡廳老闆對他興趣缺缺，掉過頭去，前者繼續低聲交談，後者繼續算帳，眉頭深鎖，鉛筆咬在一口黃板牙間，可見他算得相當吃力。男子慢條斯理喝著酒，一喝完，又點了一杯。咖啡廳老闆再次靠近酒瓶，此時，男子對他說自己正在找地方打尖。他在島上有事要辦。

「關於溫泉水療中心計畫？」咖啡廳老闆問道。

「溫泉水療中心？對，沒錯，」男子回道，「當然是為了溫泉水療中心，不然還會為了什麼？」

他感覺自己無須多做解釋，就消除了對方的疑慮。

「這島上沒旅館。如果你不挑，我倒是有個帶床和浴室的房間。走兩步就到。我可以帶你去看。」

咖啡廳老闆從櫃檯後面的板子上取下一把鑰匙，男子跟著他。兩人走了二十多公尺，來到一扇鐵捲門前，看得出這個店面已經許久不曾營業。

「縫紉用品店，」咖啡廳老闆向男子解釋，「我媽開的。這家店沒保住。裡面我重新裝潢過。島上人手不夠時，有些季節性的工人會來島上幫忙收成刺山柑，我有時候會租給他們，也租給漁民。」

他拉起捲門，打開門，昔日的鈴鐺還掛在門上。房間方方正正，牆壁粉刷成白色。兩張單人床都靠牆擺放，窗邊有張小桌子，窗上掛著尼龍窗簾，上有棕櫚和菠蘿圖案，衣櫥在角落，房間最裡面有一扇門，門後是馬桶和洗手台。大石塊鋪砌而成的地面高低不平，成千上萬隻腳踏過，磨得光亮。牆根因為濕氣使然，泛著一圈又一圈的磷光綠。

其中一張床上方掛著一張黑白照片，是房裡唯一的裝飾。鍍金石膏相框，照片泡泡腫腫，裡面的老婦人挽著髮髻，稍微有點鬥雞眼。

「這樣子，你可以嗎？」

「太好了。」男子說。

咖啡廳老闆跟他說了價錢。男子非要預付一個禮拜的租金不可。

「早餐可以在咖啡廳吃。我很早就開店。至於午晚餐嘛，我老婆有幫人做飯，想包飯的話，得稍微提前跟我說一聲。我猜你想見市長？」

「我正打算問你。」

「現在這時候，去市政廳就可以找到他。他值班。你出門，左邊第一條路，一直走到教堂，再右轉，就會走到小廣場。市政廳就在那兒。不可能迷路。反正那裡有好多旗子。」

咖啡廳老闆說完就走了。男子告訴他不必過來打掃，他自己會整理。他放下手提箱，沒打開，在其中一張床上坐了下來，點了菸，從外套掏出鍍銀的金屬扁壺，喝下一大口酒。他看著那張照片，目不轉睛，抽了口菸，把菸屁股在上有開胃酒商標的黃色菸灰缸裡擰熄後，取下相框，扔到衣櫃最上面。

XIII

男子到了市政廳，醫生也在。男子向他致意，也向祕書致意。他求見市長，祕書詢問他的職銜，為了什麼原因求見。他從分隔兩人的櫃檯上方，俯身湊到祕書耳邊低聲說了幾句，醫生沒聽見，不過祕書旋即一臉嚴肅，神色驚恐地看了來人一眼，遂往市長辦公室走去，敲了三下，等著，檢查一下服裝，將露出裙外的襯衫下襬塞回去，把自己那對大胸脯塞進胸罩罩杯，捋捋頭髮，回頭看了看那名男子，市長叫她進去後，門一關上，就不見人影。

過了幾秒鐘，市長匆匆走出辦公室，祕書緊跟在後。他一臉憂心，連掩飾都懶得掩飾，邊伸出手，邊走向那名男子，請他跟著他。唯有到了這時，市長才想起醫生也在。

「我們等等再見。我再跟你解釋。」

這名男子是警察，種類特殊，單兵作業，不算真屬於哪個單位，唯有祕密任務才會找上他，執勤期間，全方位行動。他可說是自營工作者，時間多得是。在他和他上級眼裡，最重要的是達成任務，而成功總是有個價錢。他介入的領域往往十分棘手，同時需要智謀及耐性方能勝任。為了讓市長放心，他沒試圖讓市長以為他屬於任何調查機構，完全沒有，像是為了證明這一點，他從皮夾裡掏出名片，名片上的照片略微泛黃、褪色，照片上的年輕人跟他完全不像，想必是探長年輕時。市長伸出手，還沒來得及接過名片看個仔細，探長就把名片收了回去。

「誠如你所見，我只是個警察。你可能想知道我到你這兒來做什麼？」探長感覺市長身體緊繃，心跳減弱，他如此問著市長。

「沒錯。」

「你難道一點概念都沒有？」

「沒有。」市長喘不過氣，試圖維持臉上不帶喜怒哀樂，偏偏他不擅長演戲，連傻瓜都看得出他心裡七上八下。

「你真的想不出來？」探長不放過他，害市長飽受折磨。

而且，似乎想蓄意加深眼前這個被他挑中的子民的痛苦，探長起身，像是在自己家裡似地，在辦公室走了走，步履輕巧，這些漫無目的步子除了一個目的，別無其他作用：他要讓市長明白，倏忽間，這個地方已歸探長統御，自此他才是主子，他準備要讓市長跟著他起舞，如果他想，全島也將隨他起舞。

「你來我們這兒，莫非是與溫泉水療中心的計畫有關？」市長壯起膽子問道。

「溫泉水療中心？啊，溫泉水療中心啊，我聽說了。我的確是為了這個計畫來的，如果這樣對你而言比較容易接受的話，那就姑且這麼說吧。我真正的來意不能讓你全島同鄉知道。要是你非介紹我不可，那就這麼介紹我好了，但你其實你完全不知道我所為何來。你的溫泉水療中心，我根本不在意，聽到了嗎？我才不在乎。我一直很討厭那種玩意兒。去溫泉療養的患者邊喝著散發雞蛋惡臭的大杯熱水，邊整天穿著毛巾布浴袍晃來晃去，我一想到這景象就笑不出來。不過，你喜歡就好！你就開發啊！讓奄奄一息的島嶼搖身一變，成為面有菜色、瘦排骨的診療場所，這不關我的事。我說，你有沒有喝的？葡萄酒還是燒酒？沒錯，很烈的燒酒會更好。我這當然不是在命令你。」

事後，市長到醫生家，告訴他這次會面經過，坦承自己真想勒死那個探長。

「他就像我們小時候去掏鳥窩會發現的小烏鴉一樣，你還記得嗎？微不足道的小小身體，暗玫瑰色，暖呼呼的，既不優雅也不美麗，脆弱得要命。沒有人會懷疑牠們很凶或是很惡毒，可是你還記得嗎？一把小烏鴉捧起來，牠們是怎麼開始把我們掐到流血的嗎？嗯，這個警察就像這樣。在他郵局員工的外表下，蟄伏著一條滑溜的海鰻。我發誓，他會常惹我們討厭。要擺脫他恐怕沒那麼容易。還有，他的言談舉止……我受不了他的一舉一動，他的聲音，他說的話。你知道他是怎麼說我們島的嗎？」

市長終於在抽屜裡找到一瓶茴香酒，不過，他兀自納悶這瓶酒怎麼會跑到這裡？因為他一向不喝這種酒。他倒了一杯給探長，出於禮貌，在另一只杯子裡，也幫自己倒了幾滴。他受不了這種黏糊、帶著茴香味和一股藥味的酒。兩人碰碰杯子。探長一飲而盡，又把杯子遞出來。市長不得不再次倒滿。

「我不喜歡溫泉水療，這個你已經知道了，不過我也不喜歡島嶼。島再大，對我來說總嫌太小。一想到島，我就受不了。被水團團圍住。我是大陸人。我喜歡知道自己早上起床，只需要開車，開個幾天、幾個禮拜，就到得了維也納、莫斯科、巴庫、德里，甚至北京，沒什麼不行。我只喜歡陸地。我不喜歡水，管它鹹水還是淡水。我不喜歡島。我不喜歡你的島，它甚至沒資格當座大島。哪怕消失在地圖上，又有誰會提出申訴？你們這些人嗎？問題是，你們算數嗎？不過是近七十億人口中的幾百人罷了。我讓你自己算算百分比。八成比隨便哪行制定的損失門檻都低個一千倍。我過來，是因為非來不可。我可不喜歡待在這兒，我也開始感覺不喜歡你了。搞了半天，我喜歡的東西不多。我不喜歡這個社會。我不喜歡我的國家，也不喜歡我的時代。我不喜歡人類這物種，但也不見得有多喜歡其他動物。我毫無保留、唯一喜歡、深深痴迷的，就是我的職業。是的，我熱愛我的職業。我還喜歡喝酒。稱不上是酒鬼，不過我喝很多，但從沒醉過，連我的醫生也搞不懂為什麼。」

杯子又空了，他一把抓過酒瓶，自己斟了一杯。他在市長的辦公桌上坐了下來，半邊屁股擱在桌上。

「你八成覺得我沒家教，坐沒坐相。隨你怎麼說，我沒差。我根本不在乎你在想什麼和你怎麼看待我。我到這兒來不是為了討拍。我來，是為了找一塊骨頭，把它給挖出來，啃個幾口，才知道它的滋味兒，如果我認為有必要，還會把骨頭帶回去給那些派我過來你們這兒的人。但是，我非得在這裡不可，這害我很不爽。在一座島上。我想知道一個人怎麼能在島上生活，尤其是在一座像你們這樣的島上，這麼慘，這麼醜。烏漆墨黑，寒微簡陋，毫無美感。不瞞你說，我連聽都沒聽過。市長先生，這地方簡直就是這世界的屁眼啊。有人告訴我這邊無法用手機，連網路都沒有，我還以為他們是在唬弄我呢。」

「本島被列入全人類的世界遺產，不准設立任何發射台。」

「遺產個屁！遺產美的咧！人類美的咧！打從我到這兒以來，遇到的男男女女都被折磨得不成人形，畸形啦，斜眼啦，招風耳啦，要不就是鼻子奇大無比，四肢過長，一口牙齒歪七扭八。供我住宿的咖啡廳老闆每隻手都有六根手指。六根手指！你啊，這種的你經常看到嗎？天生缺陷！就連你，市長先生，你看起來都像還沒發育完全，小孩子的身體配著一張老臉。」

市長一口吞下葡萄渣酒，向醫生坦承，他只差沒打得那男子腦袋開花。

打從小學還有在校園打架開始，從沒人這麼對他說話。偏偏他不能忘記這名男子是警察，就算是市長受辱，也不能糾正警察，更何況他還是個探長。

「我寧願說服自己是我誤解了，要不就是他醉得忘了自己是老幾，儘管他聲稱自己從沒喝醉過。我忍住。我告訴他，我們這個他口中的世界的屁眼，可沒有完全跟世界斷了聯繫。我們有電視。」

「這有什麼大不了！電視！咱們可是在二十一世紀啊！醒醒吧！你認為你們可以一直與世隔絕下去嗎？喏，帶我過來的正是二十一世紀。」

從這一刻起，探長大發議論，胡言亂語，長篇獨白，衝著市長說了半個小時，同時清空了一瓶茴香酒。至於市長，他想知道，這個招了邪的傢伙是從哪個瘋子寫的哪幕小丑鬧劇裡蹦出來的。

「人哪，從沒認真想過舉頭三尺有什麼來著。這幾千年來，人類都讓天主寄居在腦袋瓜裡，樂得輕鬆。人類在下面流血流汗，上面則有天主在雲端創造他們、看著他們、拯救他們，或是揚棄他們。隨後人類自以為聰明，攆走天主，扔進垃圾桶。因為自己搞出來的小小謀殺天主事件，暈陶陶地過了一段時間，接著就意識到自己搞出來的虛空。人哪，天生就是動作太快。始終都是。攆走天主後，這整個虛置空間開始令人類感到害怕，於是試圖把剩菜熱一熱再端上桌，可惜在在帶著燒焦味，有點不妙呢。這下子，人類真的怕了，逃到唯一剩下的東西裡避難：文明的進步。請注意，文明的進步從蒙昧年代就存在了。要是你給人類火、鐵器、榔頭，人類兩三下就打出鏈條，用來綁住另一個看起來像他同胞的人，或是用皮帶牽著他，要不就是拿矛頭把他給宰了，而不是拿鏈條來製造車輪或樂器。車輪和小號出現得晚多了，比鏈條和矛頭晚得多，在此之間，許多人已經遭到屠殺。而車輪的發明，就像風帆之於海軍，不過是為了能到更遠處去屠殺，讓屠夫受益，至於小號，則只是用來掩蓋慘遭殺害之人的哀嚎，以及慶賀屠殺之用。就這樣。而現在，除了這些，咱們還多了衛星！」

男子毫不鮮明生動的夸夸其談，聽得市長一愣一愣，不禁納悶這一幕莫非是自己的想像？還是在小說裡？難道是大半夜躺在床上身邊穿著粉紅長睡衣的老伴，那身肥皂和薰衣草的香味，以及那從外頭吹來、在街頭巷尾吟哦的海風，送來了這場噩夢，因為市長不時會做這種夢，令他疑惑和陷入沉思，直至天明。

「我還捏了自己兩把。結果，沒有，我沒在睡覺：我的確是在自己的辦公室裡，跟一個不知打哪兒蹦出來的魔鬼在一起，我過了六十年清靜的日子，這下子因為這男人徹底完蛋。他跟我提到衛星，試圖說服我，天主跟衛星比起來，根本就是小貓尿尿，不足為奇。多虧衛星，天主的觀念才得以提升到至高功率。」

醫生微微笑著。他的笑容益發激怒市長，儘管他知道這笑容不帶任何意義，不代表醫生在笑他，這只是醫生呈現他那張臉的方式。至於市長，他永遠擺著一張苦瓜臉，就算再快樂放鬆的時刻也一樣，不過這種時刻很難得，這倒是真的。

我們必須承認，市長對探長還真有耐心，不論他說什麼都沒打斷。探長強迫市長聽他針對衛星功率和工程方面高談闊論，話中科學成分結合形而上的東扯西拉，雜七雜八，廢話連篇。地球遭到監聽啦。世界受到監視啦。人哪，天真又好騙，空想又盲目啦，在民主政體下，走上街頭抗議基本自由受限啦，尊重個人隱私的權利啦，還有其他諸如此類的屁話。人哪，簽署請願書，設立論壇，在某種意義上監督自己選出的議員，殊不知自己稍有動靜和表示，他們的行動，他們的言論，卻分分秒秒被衛星看在眼裡，只要有大把鈔票和政治野心，每個人的生活，連最枝微末節的細節，遲早都會被錄下來存檔，用於各種目的；想也知道是哪些目的。

探長講完這些，朝被他扔進垃圾桶、空得一滴不剩的茴香酒瓶瞥去不捨的一眼，這才回來坐在市長對面，一整隻手埋進手提箱，拿出一疊紙，大約二十張，手腕隨意一揚，扔在桌上。

「這些只是影本。彩色影印。一開始，我什麼都看不懂。前面幾張，有藍色，有輪廓歪七扭八的赭色長條，有大小不一、顏色比較深的點點，還有好幾條紅槓連接著某些條條點點。簡直就像複製的抽象畫。」

「接下來幾張，藍色比較少，深色點點比較多，還是有紅線和被綠色包圍、非常小的點點。我就是從這邊才認出原來是犬的那張大嘴。這幾張紙當然是鼎鼎大名的衛星空拍下犬列島的照片，每座島都有，我們這座當然也在內，我從沒像這樣垂直往下俯瞰過我們的島，我簡直突然成了探長提到過的上帝之眼*。」

「好幾張衛星空拍照精確得跟魔鬼似的。葡萄園、每戶人家、教堂，連有人在種葡萄、農民在果園裡、港口三五成群的男男女女，全看得到。其他幾張照片則看得到海上有好幾條船。我認出其中有幾條是咱們這兒的，其他幾條我沒見過。」

市長稍事停頓，氣惱地瞄了醫生一眼，扳了扳手指，這才繼續說道。

「有些船甚至不配稱為船，不過是上面有載東西的駁船之類的，一開始我還以為載的是木頭，一塊塊緊緊貼在一起的厚木板，甚至連駕駛艙都沒有。感覺好像有人把貨裝上駁船，把駁船弄到海上，就不管它了。其中一張這種小船的照片令我毛骨悚然，因為我突然明白：我原本以為是木材的東西……其實是人。一個個或站或躺的人，橫七豎八，堆在這些破船上，其中有好幾條還被別的船……別的漁船……拖著。」

* l'œil de Dieu：或譯為「全視之眼」，代表天主監視人類的法眼。

市長等著醫生做出反應，好歹說一句，為他幫腔。但醫生沉默依然，只顧啜飲著杯中的葡萄渣酒，把玩夾在粗短手指間的雪茄，遲遲捨不得點燃，想再延長一下這種快感：靠近火焰，抽上幾口，感受從自己嘴裡吐出來的團團熱煙，雪茄那森林、濕泥、枯葉的味道將留在嘴裡，久久不散。

「你怎麼什麼都不說？」

「你要我說什麼？」

「好歹你懂了吧？」

「我應該開始有點懂了。」

「你難道不怕？」

醫生揚揚眉毛，搔搔鬍髭，在一天裡的這時刻，也就是說剛到下午，鬍髭還是深黑色的。

「別以為我硬充好漢，不過我不知道我有什麼好怕的。害怕，這是一種我不再有的感覺。我沒吹噓。我甚至不用刻意就無所畏懼了。我最後一次感到害怕，是我那口子病倒那時。害怕對我沒半點用，她不會因此就不生病，也沒能讓她比較不難過，沒能讓她少受點苦，她去世時，也沒能減輕我的傷痛。」

醫生提起他太太，害得市長驀地惆悵起來。彷彿他依稀又看到她那溫柔的神情，蒼白的臉上那一雙黑色大眼睛。自己怎麼這麼多愁善感，他惱羞成怒，續道：

「我又不是問你自己害不害怕！我是在問你會不會為了我們、我們社群、我們的島，為了我們所做的一切感到害怕？」

醫生再也忍不住，終於點燃雪茄，有如進行儀式那般慎重，因為他把點燃雪茄當成生命裡其中一樁最鄭重的大事。禮儀或是致敬。或者兩者兼具。他嘲了幾口雪茄，揮掉煙霧，笑得更開懷。

「正如你所說，我為什麼要為我們感到害怕呢？」

「恐怕你還不太懂。我還以為你猜到了。你知道他那些衰神衛星拍到的狗屁照片上有什麼嗎？」

「從你眼珠子都快奪眶而出、臉紅脖子粗的樣子判斷，我想我很快就會知道。」

「好吧，拍到我們。我們！那個你知我知的清晨，在沙灘上！完全看得出是我們。簡直像是哪隻海鷗飛在我們頭頂上按下了快門。太可怕了！看得出有老女人、她的狗、劍魚、亞美利加、我！你想想看，這些狗屁倒灶的東西，飛在離我們好幾百公里的天上，竟然跟從鑰匙孔看著我們一樣清晰！我簡直不敢相信！這世界還真他媽的！」

「那我呢？」

「你什麼你？」

「照片上看得到我嗎？」

「當然看得到你！而且尤其是你！不可能漏掉你，你那麼占地方。更何況那塊篷布就在我們腳底下。」

「篷布？」

「篷布。藍色篷布。亞美利加的篷布。一看就知道篷布底下有東西。」

「看得出來那個東西是什麼東西嗎？」

「看不出來。但這不代表什麼。探長八成還握有其他照片，只是沒拿給我看。等著瞧吧！他這種人才不會一下子就把所有牌全給掀開。」

市長不說了。雪茄的煙霧將醫生團團包圍。兩個人就這麼待了良久，什麼都沒再多說，跟他們平常的習慣完全不同。

XIV

那天，天祐漁船大豐收彌撒（島上俗稱「鮪魚彌撒」）將近尾聲時，漁船纜繩還沒完全收好，男老師來到了市政廳。

神父照慣例來到港口為出發參與鮪魚祭的每艘漁船祈福。想當年，這可是一長列浩浩蕩蕩的隊伍，中午一過，在市立管樂隊的樂聲中，一起從教堂出發：每條漁船與全體船員都受到某位女聖人或男聖人的庇佑，漁民還擺設祭台以彰顯聖人榮耀。話說祭台全年都蟄伏在教堂一隅，唯有到了這一天，大夥兒才將祭台推出，台上的金裝銀飾擦得啵兒亮，並以鮮花妝點，聖人石膏雕像還用些許桃紅色的油漆髹過（通常跟維護船體用的是同一種漆），重現原有光彩。

遊行隊伍虔誠恭謹，漁民親自抬著奇重無比的祭台，緩緩穿過巷道，朝港口走去，神父在港口揮灑聖水為其祝聖，隨後隊伍才又以同樣緩慢的節奏，邊祈禱，邊往教堂走去，管樂隊精疲力竭，樂聲越形荒腔走板，既因為累，也因為沿途每停一站都會有人奉上酒之故。

一到教堂，祭台便重新回歸壁龕陰影，直到來年彌撒再請出來。人群眾多，多到無法全進入教堂，許多人只好站在廣場上，當天擠到連廣場的石板鋪面都看不見。

晚上，宗教儀式進行完畢，世俗慶祝時刻到來。燈籠照亮了港口，有時甚至燒了起來，化為閃光片片，短暫火花，金黃塵埃，飛入黑絲絨般的空中，終於在偉大的群星前熄滅，永恆、若有所思的群星不無嘲諷地俯瞰著火星飛到身邊，死去。

架上隨便鋪了塊簡單的板子，一張張大桌子就擺設好了，大家帶來自製的麵包，葡萄酒，橄欖，醃刺山柑，杏仁水果派，山羊肉和豬肉，有燻的、也有肉乾，奶油蜂蜜蛋糕，開心果布丁，香櫞和柳橙利口酒。在笑聲和由幾個仍清醒的管樂隊隊員組成的樂團音樂聲中，在杯杯烈酒的助興下，大夥兒跳著舞。熱熱鬧鬧，直到天明。

雖然漁民如今仍然覺得有義務參加鮪魚彌撒，但彌撒前已不再有那麼長的遊行隊伍，之後的慶祝會也省了，只剩下跟同一批漁民一起吃頓飯。依然是在港口。一張大桌子就夠了。僅止於男人之間。老婆連來都不來，小孩子就更甭提了。大夥兒喝得比吃得多，最後無不以酩酊大醉，偏頭痛造成表情呆滯，和幾起大聲爭吵告終。市府人員在市長帶領下也參加彌撒，市長總是不解自己在這兒幹什麼，不耐煩得要命。也有幾位老人家，自覺算總帳的日子即將來臨，心想或許該把後事交代一下。畢竟，誰知道呢？終究會用到，何況交代一下也不礙事。

由於本堂神父的住宅縮到小如娃娃屋，神父逐漸入侵教堂，反正虔誠信徒也越來越少，教堂越來越空。神父帶著耐心和毅力，把教堂當成了自宅的附屬建物，類似大倉庫之類的，忙著在裡頭修復一條船的龍骨，因為那條船撞上了環繞島嶼周圍的珊瑚礁。他耐心十足，來來回回無數趟，逐塊撿回碎片，一整個夏天都忙著向人借推車，一下跟這人借前推式的，一下又跟那人借後拉式的，把碎片拖回教堂。

破船，加上業餘之手的裝配，形成的異象極其驚人。這條船，巨大而破爛，桅杆殘餘部分直衝教堂穹頂，只見那傷痕累累的一大團，碩大無朋，周遭一切相形失色，令人真不知道究竟是船體殘骸被弄進了教堂，抑或教堂乃環繞船體建造，才得以保存這一怪誕遺跡。好一艘幽靈船，亡者之船，歐西里斯*和卡戎**之舟。

教堂內畢竟還是保留了一個告解座和十幾條長板凳，就圍在一摞摞的廢紙箱和蜂箱之間，信眾可以坐在上頭聽彌撒。

彌撒空前簡短，只有市長才覺得還是很長。神父沒等新主教會議調整禮拜儀式，就自行省略了不少程序：匆匆念了「我們的父」，沒有引言，直接跳到布道，在幾隻蜜蜂愛的飛行伴隨之下，布道通常只花幾分鐘，期間神父講起自己蜂箱的近況，講氣象，提起當年他在大陸念神學院

---

* Osiris：埃及神話中的冥王。

** Charon：希臘神話中冥王黑帝斯的船夫，負責將亡魂渡過冥河。

的三兩回憶，再公布一下大家請他代為宣傳的小廣告，彌撒就此結束。

他的胃讓他再也無法忍受彌撒酒的酸味，還有聖體餅也是，老是來陰的，死黏著他的假牙，他也受不了。三年前，他決定撤銷領聖體儀式，但他可沒忘記要募款。他親力親為，甚至在小本子上記下每個人給了他什麼，到了年底，向來也不忘提醒某些人小氣慳吝。匆匆祝福大家和向聖母禱告後，儀式就此結束。聖母一直都是島上保佑出海平安、風調雨順的最大神祇。

市長走進教堂，注意到男老師就坐在最末排，胳臂夾著一只牛皮紙信封，市長憂心地看了一眼。彌撒結束後，男老師在廣場上靠過來跟他說話，其他人三三兩兩散去，漁民成群結隊返回港口。

「市長先生，可以給我幾分鐘嗎？我想跟你談談我的發現。」

市長別無選擇，只得帶男老師回去就在左近的辦公室。辦公室裡飄著茴香酒甜甜的甘草味。市長驚見男老師的目光落在辦公桌上那兩只黏糊糊的杯子，和冒出垃圾桶外的空酒瓶，害得他尷尬不已，於是認為非得解釋一番不可。

「我接待客人。」

「我知道，」男老師旋即回應，「一個警察。說得更確切點，是個探長。今天早上到的。」

「誰告訴你的？」

市長瞠目結舌，甚至沒力氣發火。

「大家都知道。這裡什麼事都藏不住。而且消息傳得飛快。這一點應該不需要我告訴你吧。」

「只不過，大家不知道這個警察為什麼來到島上。據說是關於溫泉水療中心計畫。我才不信。就我這方面，我非常確定是跟沙灘上那件事和我們後續所為有關。」

男老師跟市長說話從沒這麼篤定過，就連發現屍體當天，那個你知我知的夜晚在議事廳召開祕密會議那時，就連在市長公司冷凍庫的時候都沒有。彷彿當時那個大男孩長得太快，原本的羞澀靦腆因為在這個新身體裡感到不自在，如今已然消失。男老師像通了電似的，一臉超然決絕，卻也略帶放肆，而且看似使盡全身氣力緊抓著那只信封。

「這裡面是我的實驗結果。證據明確。這陣子我針對水流進行了研究，想必你比我更懂。可是我不屈不撓，在文獻和地圖的輔助下，我相信我對這個領域也變得相當內行。」

他止住不說，可能正在等市長有所反應，然而市長卻硬逼著自己淡定呼吸，遵守自己剛許下不發火的承諾。他點頭示意，讓男老師明白自己正等著他繼續說下去。

「我把相當於一個大男人體重的人體模特兒，扔在所謂的『人蛇集團』會利用的航線上各個不同位置，不過我覺得『人蛇集團』這個詞未免太好聽了，不足以形容販賣人口的畜生。結果沒有任何模特兒被浪打上這座島的沙灘。一個都沒有，你聽到我說的嗎？市長先生。我重複做了兩次實驗。沒有一個模特兒被打上沙灘。而且，最後只找回三個，全都是在大陸上找到的。有人和我聯繫，這麼告訴我。其他模特兒都不見了，八成是被海水帶到更遠的外海。不過，今天有個模型兒找到了。我上個禮拜天拋下的，離人蛇集團通常會用的路線相當遠。說得更確切點，就在最靠近犬之唾液那裡。你覺得怎麼樣？如果不是很熟悉此地的人，誰會冒險跑到那邊的危險水域？也就是說，該不會是我們這裡的人幹的吧？市長先生。」

唾液指的是犬列島中的一堆暗礁，大半沒入海中，猶如犬嘴裡吐出岩石點點。這堆暗礁沒有出現在地圖上，地圖上僅僅標示這一帶是危險水域，因為這些斷齒裡最大的一顆也不過只有橄欖樹椿那般大小。所有漁民都知道它們存在，都會避開，但因為那一帶水域魚藏頗豐，而且盛產龍蝦，所以漁民還是會到那邊作業，但就算非去不可，接近時，也會小心翼翼，只留在周邊地帶。

市長頭暈眼花。彷彿他連注意都沒注意到，一隻看不見、卻極其專業的手就已經切開了他的靜脈，等到他初初感覺眩暈時，流出的血量證明一切都已太遲了。

該怎麼跟這個異想天開的人說呢？怎麼回他？怎麼建議他呢？不論男老師的假設成立與否，市長都感覺得到，披露這些訊息將會造成損害的後果，影響到島上的寧靜，破壞溫泉水療中心計畫，投資客可是無法忍受這麼陰森森的廣告宣傳啊。那些願意投入大量資金打造溫泉水療中心建築群的大老闆們喜歡暗中進行，他們喜歡低調甚過一切。何況，市長只跟他們的律師打過交道，從來沒和金主直接接觸，但他知道躲在這些人名首寫字母和公司名稱縮寫，以及笑容可掬的律師群後頭的幕後推手是誰。這些人討厭障礙、意外事件、記者、法庭，他們只對能幫資金豎起一面誠實低調門面的可能性感興趣，至於他們的資金來源，始終難以追查。

男老師如果執意非揭發他剛剛說的這些不可……姑且不論那是實情，還是他在癡人說夢……偏偏市長又有預感探長想趕緊了結任務，所以言行才如此粗暴……倘若這兩者不謀而合，那麼，市長心想，我們的島將在這座新火山象徵性的熔岩下驟然消失，比起那主宰本島、昏昏欲睡的布勞更有效率。

「老師，大海是無法計算的。」市長續道，一開始語氣溫和，饒有善意。「你關心科學令我感佩，可是，你知道嗎，對我們其他這些土生土長的本地人來說，幾千年來，大海都是先祖先輩、男男女女既深情又易怒的伴侶。身為他們的後裔，我們知道大海無法預料，難以參透，毫不理性又神祕莫測。」

男老師沒反駁，靜待市長說下去。

「你可能是對的，也可能是錯的。我不會隨便對哪方面表示意見，因為我有自知之明，針對海洋這個領域，我們什麼都不知道，我們不知道，也永遠都不會知道。要是你在不同時間、不同季節，將另一個模特兒拋在同一個地方，之後搞不好會是在阿根廷或希臘發現。我猜你花了很多時間，很多錢，但就我這方面，你的實驗恐怕根本什麼都證明不了。還有就是，即使你的假設是對的，那又代表什麼？你到底在找什麼？」

男老師並不急著回答。或許是為了好好忖度自己要說的話，也或許是因為他知道自己說完之後，就再也無法回頭，所以有點不安。市長辦公室陷入鉛般的凝重，泛著綠色光澤的大蒼蠅繞著探長喝過的那只杯子窮打轉，興味盎然，專心吸吮著茴香酒餘留杯底的黏稠殘跡，不時發出嗡嗡聲，稍微打破這片死寂。

「有證據佐證，我只是證明被我們棄屍的那幾個男人……不顧我的反對，順便提醒你一下……他們落入犬之唾液附近水域。不管他們是生前落水還是被扔到那裡都一樣。你知道，大家和我都一樣，沒有人敢去犬之唾液那邊冒險。所有海圖都標明那一區非常危險。沒有人敢去，除了本島漁民，因為他們熟悉那地方，知道怎麼躲過暗礁。」

市長雙手平攤在辦公桌上。他再也動不了，再也喘不過氣。他盯著男老師。後者喘著粗氣，首度正面迎視市長的目光。彷彿是一場不帶武器的雙人對決，而且決鬥將以無可挽回的方式告終，不是你死便是我亡。

「你知道自己在影射什麼嗎？」

市長的聲音變得冰冷，宛如颼颼冷風竄進辦公室，然而此時室外艷陽依然高照，烤焦了屋舍的黑牆和屋頂板石。

「市長先生，我不是做事輕率的人。也許我比你年輕，也許我不是本地人，因為你總是不停提醒我……眼見這些事件，還有你企圖將之平息的方式，我開始以不是本地人為榮。但我是個負責任的人，不會無的放矢，而且涉及這麼嚴重的問題，我必定是掂量過所有要素，才會說出來。」

「在那個你我心知肚明的早晨之後，你叫我們閉嘴。我閉嘴了。但今後我不能繼續閉下去了。我不能再獨自緊守我知道的祕密和我發現的東西。我不想跟你來陰的。我想先警告你：禮拜一早上，要是你沒有在我之前先處理好，我會親自帶著這份文件去找探長。我留一份副本給你，這裡面記錄了沙灘事件和你選擇的處理方式。此外，我的實驗經過和我得到的結論也記錄在當中。從現在起，這個警察必須擁有這些重要的資料，才能展開調查，釐清真相。島上很可能住著一些罪大惡極的人，其他人卻寧可不知道或是忘了這回事，以便繼續在島上安然入睡。這種島，我待不下去。」

男老師說完後，便把信封放在市長帶有吸墨紙的墊板上。從這一刻起，發條上緊了。市長甚至覺得聽到自己腦袋裡面在滴答滴答。一台來自地獄的機器。這就是這個瘋子剛剛擺到他面前的東西。不管用哪種方式，這機器都會爆炸。沒有人能阻止。市長無意任由自己被摧毀，既然眼見爆炸勢在難免，他擔心會這樣，那麼最好還是把那個讓爆炸變得可能的始作俑者炸個粉身粹骨。

「市長先生，別忘了，禮拜一早上。」

男老師出了辦公室，輕輕帶上身後的門。

市長需要冷靜。怪的是，平常緊張兮兮的他現在卻很平靜。平靜到他想知道自己是不是剛剛死了。他把手擱在心口。心還在跳。他讓手掌在襯衫面料上停留好幾秒，感受那規律、卻過分緊湊的搏動。他有一種感覺，那兒，就在肌膚底下幾公分的地方，有一隻小動物慘遭俘虜。

他看看錶。離他去港口加入漁民一起用餐之前，他還有一個小時。身為漁民的東家，身為市長，他非去不可。一個小時內得找出該如何把炸彈塞回設計它的狂人手中。這顆炸彈，搞不好還有別顆。畢竟，最重要的是制止男老師造成傷害。市長感覺得到，萬一這個狂熱分子警告當局，島上的一切再也不會像從前那樣，更遑論溫泉水療中心計畫，那勢必將成為一紙空文，美夢灰飛煙滅。現在已經沒時間研究用什麼方法耍手段了。效率是唯一最要緊的。管他什麼方法，能除害的就是好方法。

市長盯著裝過茴香酒的那兩只杯子。其中一只杯子底部，那隻好奇的大蒼蠅正躺在上面，雙翅被杯底餘留的那一丁點殘酒黏住。圓鼓鼓的紫色腹部朝天，一條腿有氣無力地揮動著。牠快死了。腿越來越不動了。市長的視線離不開蒼蠅。牠很快就不會再有任何動靜，躺在對牠而言太大的半透明棺材，永遠不再動。

XV

大多數人都不曾懷疑自己是否有黑暗面，殊不知每個人都有。通常遇到戰爭、飢荒、災難、革命、種族滅絕等狀況，黑暗面才會顯露出來。於是，當我們第一次面對自己的黑暗面時，內心兀自震驚，不寒而慄。

市長面臨的就是這些。他沒發現任何不在他預料之內的東西。自己騙自己有什麼意義？他又不是小孩子。他必須面對顯而易見的事情：有時，需要再度穿越黑暗才能看到旭日初升的光芒。但他畢竟不是怪物，整副牌也不在他手上。話說回來，誰又能擁有整副牌呢？

他想起年紀輕輕便被送去參戰的祖父，回來時少了條胳臂，肺也毀了。祖父總是坐在廚房窗戶邊的椅子上打發一天又一天。唯一消遣就是望著布勞，還有用他放在窗台上的麵包屑餵鳥，最餓、或是最傻的鳥最後就成了烤肉串。他拔掉鳥毛，抹上大蒜和油，在麩炭上烤了個金黃。

市長記得老人沒掏空鳥的內臟，整隻吃下肚，細嫩的鳥骨被他那口銳利無比的白牙嚼得嘎吱作響。

祖父從戰場負傷返鄉，但他畢竟是回來了。他那連唯一的一個。其他人都死了。反動分子。看什麼都不順眼。多半都是些無政府主義者和唯心主義者，是偶然將他們聚集在一起，群情激憤，反對領導，反對戰爭，反對衝突；那場戰爭持續了三年有餘，造成數百萬人犧牲，何其愚蠢。軍官抱著敵意看待他們。頑劣分子人數過多，審判不完也射殺不盡。但他們卻有在別的腦袋瓜裡播下反動種子的危險。還不如選擇把他們送回老家，安插一個荒謬且無用的位置。一座毫無戰略利益的山丘，任憑敵方砲兵衝著山頭大肆噴發槍林彈雨，也完全不必擔心。派他們去送死。有人選擇殺死他們，不動聲色，這樣仗才打得下去，戰爭才能繼續進行它大規模的殺戮工作，因為戰爭的最終目的，就是在新世紀黎明初始之際，重新繪製出一幅全世界、各大強權、各個國家的地圖。即使他們這些叛亂分子所言屬實，就算他們想的是對的，相較之下，區區幾百人的性命又算得了什麼？

這一切，都是政治。政治很齷齪。政治不道德。有的人選擇潔身自愛，有的人則接受玷污雙手的後果。即使我們總是尊重前者，從而憎惡後者，但我們兩者都需要。誠然，這座島不是全世界，當前情勢也非戰時。但市長身為領導者，他關心他的社群，肩負好好看守全島的重責大任，所以，為了這些，市長這角色搞不好會引他走上歪路，犧牲一個無辜的人，誰知道會不會呢？

市長起心動念，萌生了一個想法，絕大多數的人都會視之為不道德、卑鄙下流。要是他真的付諸實行，要是真有天主，將來市長登天，無疑會在無上永恆之境一把一把鏟著熾熱的煤炭，口渴至死，卻又永遠死不了。而，就算天主不存在，人，畢竟存在。總有一天紙包不住火，大家得知他的所作所為，他將被迫忍受眾人的驚駭與羞辱，甚至他們的正義裁決。屆時誰又敢感激他呢？

即使這個祕密能夠一直保守下去（雖然這個假設可能性甚小），他自己也心知肚明。他得帶著自己的所作所為度完餘生，每天早上刮鬍子時，看著浴室小圓鏡裡這張自以為做得對的王八蛋的嘴臉。一個王八蛋，不斷為自己找藉口，操縱控制的藉口，進退維谷的藉口，決裂混亂的藉口，正當此時，他感覺得到老婆在他背後，感覺得到她的存在，她的氣味，他這個完全狀況外的老伴，她打了個哈欠，靠到他身上，在他的頸背輕輕一吻，使得他像斧口那般顫抖。

怪的是，同一時間，一些因為同一動作而被連結在一起的人，他們體驗到的感受卻是天差地遠：市長對自己深惡痛絕卻心甘情願，當他為了公眾利益，不得不披上勞動服，執行這些傷天害理之事時，男老師卻套上運動服，邁著快速而規律的步伐，沿著布勞山側蜿蜒而行。他的決定和行動令他無比激昂，看不出有因為酷熱或是費了那麼大力氣跑步而難受的模樣。伸張正義與揭發真相的使命感給了他一雙翅膀，毫不誇張。他從沒跑得這麼痛快，卻沒意識到自己其實正跑向滅亡。

至於探長，他正在回想早上在市長辦公室的那一幕。他喜歡效果。嚇唬別人，看到對方自我懷疑，失去自信，也失去話語，或是感到迷茫，再也做不出正確的選擇，他就喜歡這樣。應付市長並不難，他遇過更難纏的對手。他沒把話挑明就走了，讓市長留下疑問。他不過是把衛星照片拿給市長看，卻沒告訴他，他們透過這些照片得出什麼結論。他破壞了市長的平靜安寧。他想像市長越來越焦慮，像頭黃鼠狼，以自己那口污穢的獠牙囓食著生命中的每一秒，將之撕成碎塊，吃了一半，糟蹋了，就棄之不顧，繼續進攻下一秒。

探長將手中的酒一飲而盡。他正坐在露天咖啡座。見過市長後，他打算在城裡走走，但沒過多久就有一種在白蟻巢裡行進的感覺：街道的尺度，屋舍的大小，迷宮般的感覺，在在令人窒息，明明是大白天，這些卻都讓他有如在地底行進的感覺，身陷在一堆令人透不過氣來的建材裡，鋪石路面、人行道、牆、屋頂、門、窗板，一個比一個更黑。

男男女女擦肩而過，他看不見他們的臉，他們低著頭，低到失去了人味，最後終於酷似讓人不安的大型昆蟲。他回到房間，拿出行李箱裡的威士忌，就口喝完後，躺在床上。

白蟻巢消失不見，占用蟻巢的白蟻也隨之而去。他又想起自己與市長的會面，還有他採行的告退方式，不發一語，沒透露半點意圖，撂下市長這個被他挑上的子民，兩只明亮的眼睛衝著那疊影本骨溜溜地轉，而且走出辦公室時他連門都沒帶上。

祕書小姐望著他，戒慎恐懼。他注意到她因為激動，咽喉上泛著道道紅斑。他衝著她咧嘴大笑。紅暈泛上她的雙頰。他想著這個畫面，打起盹兒。

咖啡廳老闆給他送來當日特餐。他沒問菜色。他不會碰的。他不餓。他向來不餓。他老是口渴。他又點了一瓶酒。

面對著他，在港口廣場中間，已經架起一張二十來公尺的長桌。客人還沒到。暖風不時掀起桌布。好幾條餐巾掉到地上。一只杯子翻倒。他想到「最後的晚餐」。想到「最後的晚餐」開始用餐之前。從來沒有任何畫家想到要表現這個主題。有人擺上盤子、杯子、餐具，隨後退下。是女服務生？還是其中一位使徒？現在就等基督和他的同伴，以及猶大，這悲劇的最後一幕便可上場，悲劇歸悲劇，卻是日常場景，兩千多年來一直占據人類生活的一大部分。

探長偏好猶大。猶大受世人憎恨已久。探長希望自己也被憎恨這麼久，一如猶大。愛，遲早會淡去。可是恨不會。恨持續存在，有時甚至還會增長，不斷復活。恨是人類玄奧的原動力。隨處可見基督何其搖搖欲墜，搞了半天，猶大的勝利將比基督的勝利更持久。人與人之間，缺乏愛的證明，背叛和邪惡的跡象卻在激增。探長又倒了酒。在心中默默舉杯向猶大致敬。

漁民三五成群到了，聚在桌子周圍，大聲嚷嚷，彼此打著招呼，放聲大笑，說著探長聽不懂的方言。其中幾個朝倉庫走去，出來時拎著小酒桶、一籃籃滿滿的麵包、一罐罐醃菜、菜餚、奶酪、火腿。美食與酒瓶很快就擺滿一桌。這不再是「最後的晚餐」，而是驀地直接走進一幅佛蘭芒原始畫作*。吃的、喝的，源源不絕，一張張被太陽曬傷、傻氣又缺牙的臉，迸發出哈哈大笑聲，東倒西歪，開始有人喝得醉醺醺，一雙雙指節凸出的粗手，一張張傻巴啦嘰的蠢臉。粗俗兼愚蠢。大吃大喝。忘了死亡，殊不知著實看看，便可看見死亡總是蟄伏在畫作某處：樹根下的頭顱，骨頭狀的樹枝，兩隻烏鴉，倚著穀倉擺放的大鐮刀，成熟麥田正中央有棵光禿禿的樹，果實被蟲吞噬。那這裡呢？死亡藏在哪兒？莫非這一天他自己就是死亡的化身？

出於好玩，探長探訪世界各地的博物館，找尋上述那些作品，從一家酒吧長途跋涉到另一家酒吧之前的空檔，他常會先到這些作品旁放鬆和思考。旁人或許會把他當成普通酒鬼，殊不知他是新類型的西西弗斯**，巨石換成了酒杯，他得清空酒杯，偏偏有人一直加滿。酒精是他最忠實的伴侶，卻也最令他失望，因為長久以來，酒精早已讓他毫無醉意，除了神智永世清明，探長還被判了刑，永遠再也不知道自己在尋覓什麼。

---

* primitif flamand：或稱「早期尼德蘭繪畫」，受到大自然啟發，刻意將宗教場景轉化為當時的日常生活為其特色。

** Sisyphe：希臘神話中遭到懲罰的人物。他必須將巨石推上山頂，每次推到山頂，巨石又滾回山下，如此週而復始，永無止境。

XVI

到了禮拜天，各種跡象無不宣示有某樣東西正在醞釀。黎明初升，熱浪已壓得人透不過氣，一絲風都沒有。空氣彷彿在島嶼周遭凝結，透明又黏稠的一團使得海平線也模糊難辨，幾處仍能得見的地方則是扭曲變形。這座島漂浮在無境之地。烤蛋白似的光芒，照得布勞閃閃發亮。從葡萄園和果園上方冒出的屋頂黑色熔岩板顫顫巍巍，彷彿須臾間又變回岩漿。家家戶戶很快就發現自家屋裡充斥著令人身心俱疲的呼息，連一絲清涼都無法享有。

而且還有一股氣味，一開始幾乎察覺不到，這氣味，大家會說自己曾經夢到過，要不就是從人的肌膚，人的嘴巴，人的衣服，從人的體內散發出來的。然而隨著一小時一小時過去，氣味越來越明顯，以一種低調的方式，總之，就這麼偷偷摸摸地在島上定了下來。

也有人認為氣味發自曬在矮牆上的葡萄。被雨打壞的累累漿果，有時可能漸漸腐爛，隱約散發出一股霉味，帶著若有似無的甜氣，飄忽卻誘人，箇中帶著過熟水果的醉人調性，卻也帶著野味脂肪的香氣，彷彿皮毛沒剝乾淨，殘留了些許肉末，開始腐爛，小而白的蛆蟲還在上頭蠕動。

再者，倘若不是葡萄散發出來的，那就只剩來自地心的蒸氣。地球這口滿是熾熱泥漿的巨鼎，冒著泡泡，始終沸騰著，我們得將這座島想像為諸多地質年代中的其中一個，匆匆蓋在地球這口巨鼎上。

好幾個世紀以來，島上記憶所及，曾見證過布勞三次大爆發，熔漿滾滾成河，每回都幾乎摧毀所有家戶，害無數人送命，然而大難不死的倖存者，卻從不曾考慮棄島他去。火山沒打開閥門時，好似抽菸斗的人在吞雲吐霧，定期從山側排出水氣、噴出氣體。這回這個氣味不是火山爆發的預告。這股淡淡的異味，讓人聯想起分成兩半的熟雞蛋遺落在檯上好幾天的那種氣味。

但是大家禮拜天聞到的氣味跟這個完全沒有關係。有一點是顯而易見的，那就是：這種氣味完全是另一種東西，跟非肉體、純地質的那種化學瘴氣不同。這股初發的惡臭中帶有某樣活生生的東西。隨著鬱悶酷熱的大白天過去，這一整盤暗藏蹊蹺的菜餚散發出的氣息，似乎變得益發濃烈。

市長又想起發現三具屍體的那個早上，他曾告訴劍魚，以後就會覺得這件事從未發生，只是一場噩夢，而且硬是為自己洗腦，告訴自己這是一場噩夢，這件事就會漸漸失去可靠性和精確性，最終輪廓將不再清晰，顏色褪去，就像「拍立得」照片舊了，照片上的場景也變得透明。屍體和目擊者成了光譜，隨後消散。屆時只需走個兩三小步，便可揮去此事，終於將其遺忘。他當初對劍魚這麼說並沒有錯。

可是……唉，事與願違。

禮拜一早上男老師沒來敲探長的門，因為探長本人在市長陪同下，禮拜天晚上先去敲了他的門。八點剛過，酷熱尚未降溫，變質的惡臭也沒比較不臭，反而恬不知恥地順風長驅直入，瀰漫大街小巷，試圖竄進家家戶戶。

男老師打開門，看見兩個男人，他朝探長微微一笑，並對市長投以感激的一眼，可是市長一開口，要他說出個人身分等基本資料，男老師臉上的笑容瞬間消失，問道這是什麼意思。

「你被捕了。」

男老師的嘴唇開始顫抖，眼皮不由自主拍動，拍得如此瘋狂，彷彿內部機制驟然大亂。這玩笑可開大了。探長和市長一語不發，靜靜盯著男老師，男老師壯碩的身軀看似軟化，垂了下去，成了一個被嚇呆的人，面對著另外兩個，三個人動都不動，夜幕從他們頭頂垂下。

前一晚，探長很晚上床。安坐咖啡廳露天座，酒瓶一空，就讓人再送一瓶，乘機欣賞漁民晚餐的景象。好一幅人性及人性敗壞的側寫，或者該說這正是社會的本原。這一群人，杯觥交錯，開懷暢笑，幾個小時後，因為激烈言詞和威脅動作，終於成了交相謾罵。玩笑成了長矛，笑聲成了利箭，危機四伏。並不是只有整杯整杯喝下肚的酒才得負責，殊不知酒瓶裡爬滿狼蛛、木蝨、蟑螂；酒，不過是讓他們剝下蓋住瓶子的那層薄膜罷了。有毒的不是酒。酒只不過放出毒物，僅此而已。

那天晚上雖沒出現拳腳相向的場景，卻也相距不遠。大夥兒沒打招呼就搖搖晃晃，各自離去，留下好幾張翻倒的椅子，晚宴桌上滿是碎玻璃杯和垃圾。只有市長留了下來，身邊還有一個梯形臉、頭髮跟熊毛似的漁民。市長俯身在漁民耳邊說著，那人雙肘撐在桌上，一杯杯啜著葡萄渣酒，不時點點頭。好不容易，兩人終於說完，站起身來，一握手就握了個老半天。

隔天，禮拜天，探長醒是醒了，卻還穿著睡衣躺在床上。有人敲他窗戶，他拉開窗簾，認出是市長。他省卻更衣的麻煩，直接幫市長開門，請他進來。市長寧願留在門口。探長拿起床頭櫃的威士忌，喝了一小口，漱口似地在嘴裡漱了漱，然後才吞下。

「現在還早著呢，市長先生。對我來說太早了。我是夜貓子。我該提醒你的。」

「要不是出了大事，我不會打擾你。」

「出了大事？害我整個勁兒都來了！你這座不存在的島，幾乎不存在，這座島上出了大事，我很好奇。你能說清楚嗎？」

「你最好跟我到我的辦公室去。有人在那裡等我們。」

「誰啊？」

「目擊證人。」

探長一把抓起隨便丟在椅子上的衣服，開始穿內褲。

「你知道我為什麼幹這行嗎？不，你不知道，你猜不到。我之所以選了這行，是因為我想殺人。對，殺人。我想殺人這件事最可笑的地方就是：在我職業生涯中，我偏偏很少殺人。」

探長七手八腳穿上白汗衫，汗衫因為經常穿，加上已洗過無數次，而且八成洗得不怎麼乾淨，處處發黃。

「我走錯路。凶殺案是我家傳統，選擇凶殺案，可能比較能實現我的夢想。家父是個無惡不作的大壞蛋，我跟他說我想從事藝術史研究，而不是繼承衣缽，專門幹些五花八門的敲詐勒索勾當，當時盯著家父那張臉還真是樂事一樁。不久之後他就死了。他離開人世，我八成得負責任。」

探長穿上長褲。套上襪子前先聞了聞。他穿上鞋子，繫好鞋帶。市長的目光落在探長那顆亮晶晶的禿腦門上，他巴不得自己有根曲柄軸，好往裡頭鑽個洞，看看探長的大腦構造。市長待在門口，聽到大海的聲音和鳥叫，還聞到一股怪異氣味，他將之歸因於咖啡廳老闆把店面改裝成房間，通風不良，也因為睡在這間房裡那個人的體味，不過氣味也可能來自室外，但他無法識破源自何方。

「我好了，走吧。別讓你的證人久等。我有預感這個禮拜天會是美好的一天。」

探長小心翼翼將威士忌悄悄塞進夾克口袋，跟在市長後頭。

證人坐在市政廳裡面對著祕書的長凳上等候，因為今天是主日，所以長凳上沒有別人。低頭看著地板的那名男子，探長從他的佝僂身形認出就是昨晚跟市長談事情的那個漁民。他的頭很大，他的頭髮，假的，確確實實是以合成毛製成，就是用來覆蓋玩具熊熊身上的那種。

一個十一、二歲的女孩子靠在他身邊。他有多彎腰駝背，她就坐得有多挺。小女孩盯著面前的櫃檯。綠油油的大眼睛，在那張又瘦又白的臉上，顯得有點太大，有點太開，就像盧卡斯・克拉納赫*某些肖像畫裡可見的那樣。纖細且異常修長的雙手放在大腿上。身穿紅綿裙和藍格紋襯衫。腳上則是帆布芭蕾舞鞋。腳尖幾乎碰不到地。一頭紅棕色頭髮紮成馬尾，益發顯得額頭突出。探長覺得她無比嚴肅，這麼個嚴肅法，有可能意味聰明非凡，也可能是愚不可及。

市長指了指辦公室的門。大家進去，坐下。但探長更喜歡辦公室角落，一爿屁股坐在木椅上，另外一爿懸空。女孩面對著他坐在椅子邊邊。

「請說。」探長開口說道。

女孩看了漁民一眼，他卻死盯著鋪在石板上的地毯。於是她轉而探詢市長的目光，對她也沒多大幫助。她掉過頭來，對著探長。

「小妹妹，妳有事要告訴我？妳叫什麼名字？」
「蜜拉。」
「妳幾歲？」
「十一歲。」
「妳說吧，蜜拉。」
「是男老師。」
「男老師怎麼樣？」
「他有做一些動作。」
「動作？」
「他摸我。」
「他摸妳。」
「對。」
「他摸妳哪裡？」

＊　德國文藝復興時期的重要畫家，擅長肖像畫的小盧卡斯．克拉納赫（Lucas Cranach der Jüngere, 1515-1586）。

女孩比了比自己的大腿內側。

「這個地方，」探長問道，「男老師碰妳這裡？」

蜜拉點點頭，綠油油的大眼睛盯住探長的雙眼，他正饒有興味地注視著她。

「他用手摸妳？」

「對，還有手指。」

「手指？」

「對，他把手指伸進去。」

探長轉向市長，看到他正神經質地撕著吸墨紙，辦公桌墊上積了一小堆粉紅碎屑。他抬起雙眼看著探長的眼睛，探長正若有所思地看著他。市長覺得尷尬，沒看多久，又回去對吸墨紙進行大屠殺。再次聽到女孩的聲音。

「他也把他的那個放到我裡面。」

「他的那個？」

「男人有的那個東西。他也放到我裡面。」

「男老師？」

「男老師。」

就在這個時刻，那位父親猛地一陣咳嗽，胸膛因而震動，偌大的腦袋也隨之搖晃。咳得沒完沒了，咳得嗓子都啞了，簡直連肺都要給咳出來，只差沒嗆死。

「妳發誓妳告訴我的這些全是真的？」探長捧著孩子的臉，強迫她看著他，如此問道。「妳發誓全都是真的？妳告訴我的這些非常嚴重。」

「我發誓，」女孩回答得斬釘截鐵，「我說的是真的。我發誓。」

這時探長掉過頭去，背對著她，轉而再次凝視市長，他正在將另一張吸墨紙開腸剖肚，不過始終低著頭。至於探長的臉則像我們在某些聖徒或神祕主義畫作中看到的那樣，因為燦爛的笑容而容光煥發。就在這一刻，一副無比幸福狀。口袋裡那瓶威士忌瞬間成了無用的配件，他甚至都忘了。儘管出乎他意料之外，儘管他壓根兒不是為了這件事才來到島上，他真沒想到，長久以來，酒精拒絕賞他的酣醉，生命卻幫他弄到手了。

XVII

醫生打開門，身上永遠穿著那套亞麻西裝，不過褲腿捲到腳踝一半處，露出靜脈曲張、又腫又脹的一雙大紅腳。待在門口的每個人都盯著他的腳，他們自己則在人行道上留下一道道潮濕的足跡。醫生看了訪客一眼，說實在的，怪異的一團，團員有市長、探長、毛皮（這個頭腦有點簡單的漁民，多年來始終用碩大無朋、髒不啦嘰的破布和絨毛狗熊毛皮遮掩自己的禿頂）、毛皮的女兒蜜拉（毛皮一直獨力撫養女兒，因為她才幾個月大時，他老婆就跟一個從大陸來的男人跑了）。

「我們需要你。」市長說。

醫生有點驚訝，拿著一本書的右手往屋裡比了比。一整團進到他家。市長逕自往候診室走去。

「在開始之前，探長和我，我們得先跟你談一下。毛皮和蜜拉在這邊等。」

漁民和女兒坐在候診室。女孩從滿滿一咖啡桌的書報雜誌裡拿了一本畫刊，她爸則恢復慣常姿勢，雙肩前傾，碩大的腦袋被其相當可觀的重量牽引得往下垂，只差沒撞碎在地。

醫生的看診室相當高雅，探長沒料到在這個窮鄉僻壤竟然能見識到如此講究的診間。為數甚多的書籍占了一排又一排的書架，鋪成一面面書牆，書架設計與塗料色澤均經過悉心搭配，從書籍裝幀之美便可判定皆為善本古籍，雕花木書殼色調鮮豔紅潤，可能是胡桃木吧，木頭上了蠟，油光水亮的。

市長概述了情況。探長讓市長說，沒有插嘴。醫生聽著，邊搔著鬍髭，因為是禮拜天，所以他沒染色，不過鬍子的光彩還是完勝他的白髮。他的腳趾頭在辦公桌下動來動去，好似想在鋼琴鍵盤上演奏旋律，一張胖臉帶著笑意靜聽市長道來。市長將小女孩的話重述一遍，說時渾身不對勁，醫生看在眼裡。等到市長終於說完，醫生從口袋掏出手帕揩了揩額頭上的汗。

「你希望我檢查一下？」

「你都聽懂了，醫生，」探長插嘴說道，「非得透過臨床檢驗證實這孩子說的話不可。如果真如她所說的那樣，重複性侵，我們必須予以揭發。」

「當然。」

「我們為了此事登門拜訪，你似乎並不驚訝。難道說你早就懷疑嗎？」

「沒有的事，只不過我年紀一大把了，不需要兜圈子浪費時間，我對人性瞭解得夠多，知道人啊做得出什麼事。請兩位出去。麻煩叫那個女孩子過來。」

醫生起身，往一扇門走去，打了開。探長看到診療室，檢查台、儀器、金屬玻璃櫃、身高測量器、體重計，還有水槽。此時醫生已經忙著在水槽上使勁抹肥皂，隨後讓水開著，仔細沖洗，再用乾淨的毛巾擦乾雙手，一擦完，立即把毛巾扔進高高的金屬垃圾桶內。他回到看診室，蜜拉和她父親已經並排站著在等她。

「毛皮，你別進來，我只要看你女兒。」

漁民似乎鬆了一口氣，關上門，回去候診室。那孩子似乎沒被醫生嚇到。當然，她認識他，她跟全島的人一樣，一向都找他看病，也在大街小巷碰見過他，但在這種情況下，她這麼冷靜，沒有表現出情緒起伏，令醫生驚訝。他特別注意用詞，向她解釋他要做的事，還有他為什麼需要這麼做。她什麼問題都沒問。他叫她躺在診療台上，拉起她的裙子，脫下她的內褲。他扳下擱腳架，把長度調到最短。不需要醫生解釋怎麼做，蜜拉就把腳架在上面，駕輕就熟，令他困惑。分開大腿，她把臉轉向對著診間天花板，閉上眼睛。醫生開始檢查。

XVIII

島上沒有警察局，更遑論監獄，可是現在得找個地方監禁男老師。市長考慮過後，告訴探長市政廳樓下做鍋爐間使用的大地窖幾乎是空的，不但有一道堅固的門，還備有跟廣場地面齊平的槍眼，可以射進一絲光線。探長去看了。好得很。市長叫劍魚搬了床墊、短頸大肚水瓶、盆子、夜壺過去。燒瓦斯的鍋爐嗡嗡嗡轉得慢是慢，但還可以用，足以將那地方天然的濕氣烘乾。劍魚二話不說，照辦就對了。他最喜歡的事就是什麼都別知道。

市長和探長兩人把男老師帶到這兒，沒想到男老師竟然完全沒抵抗，原本市長還以為他會力陳自己沒做過那些事，說自己是清白的，抗議探長對他的指控，死命掙扎拒絕跟他們走。豈料正好相反，他完全呆掉，像個做錯事被逮到的孩子那樣，只差沒有嚎啕大哭。老婆和雙胞胎女兒八成聽到了他被逮捕的原因，跑到門口。男老師任憑他們處置，甚至連妻女都沒親，留下母女三人緊緊抱成一團，三名男子逐漸走遠。

探長沒選當天就讓男老師和那名年紀還小的受害者面對面，而是隔天。因為他知道一個人剛被奪去平靜生活，又被迫面對牆壁，再加上一夜沉默和孤獨的折騰，會多麼有功效。他把地窖門鎖了兩圈，鑰匙塞進外套口袋，這才突然發現那瓶威士忌，他喝了一大口，遞給市長，市長婉拒。兩人雙雙又進了市長辦公室。

「我得向你致上我的歉意與謝意，市長先生。」探長說，他的禿頭似乎比剛醒來時更亮。「我到你們這兒來的時候，沒料到會有這等大餐等著我享用。我來得還真是巧呢！」

「你這是什麼意思？」市長語帶保留。

「我一到，犯罪就發生。」

「你會驚訝嗎？」

「並不會。是法律創造犯罪，而不是犯罪創造法律，我始終抱持這種想法。這有點像雞生蛋、蛋生雞那種事，只不過更複雜。你懂我意思嗎？」

「應該懂吧。」

「要是我沒去你府上登門拜訪，這孩子有可能還繼續忍受她經歷的一切，忍氣吞聲，不敢說出來。」

「但你是為了別的事來的。你還給我看了照片。」

「暫時先別管這個，你的男老師更有意思。」

探長清光威士忌，隨手把酒瓶往市長的垃圾桶一扔，沒扔準，酒瓶落在地上，碎了。

「失手！人哪，沒有十拿九穩的。市長先生，明天見。好好睡吧。」

他說完就出了辦公室，連費心去撿拾碎玻璃放進垃圾桶都沒有。

醫生檢查女孩時觀察到的，而且他也立即告知市長和探長，毫無疑問，檢查結果顯示，女孩不是處女。她的狀態顯示處女膜已經破了一段時間，而且還經常遭到插入。檢查期間，她都很平靜。醫生說這點讓他很詫異。她一直盯著天花板，等到他說檢查好了，她才把腳從擱腳架放下，穿回內褲，拉好裙子。醫生洗手時，她就坐在診療台邊上。

「所以妳這樣是男老師弄的？」他背對著她，這麼問道。

「是的，醫生。」

「妳發誓是真的？」

「我發誓，醫生。」

「從什麼時候開始？」

「一年前。」

「妳為什麼什麼都沒說？」

「他威脅我。」

「威脅妳什麼？」

「要給我打低分。」

「妳從來都沒低分過？」

「沒有。從來沒有。都非常高分。」

探長要求醫生寫一份檢查報告，以及他從中得到的結論，沒想到時間竟超乎他預期。並非因為他懷疑檢查結果，這女孩已失去童貞，而且不是前一天的事，這一點他很確定。她沒有明顯的擦傷或撕裂傷，此外，從陰道柔軟度看來，他相信她確實有過好幾次性行為，而且八成經常發生，這點他也很確定。令醫生困擾的是，這孩子敘述這些事的時候十分平靜，絲毫沒有受創的感覺，甚至連不安的情緒都沒有。就跟她在巷子摔跤、膝蓋受到感染沒什麼兩樣。一個孩子經歷如此暴力，怎麼會無動於衷呢？他心想，她那張文風不動又平靜淡定的臉，恐怕僅是表面，背後暗潮洶湧，心中累積著一大堆廢墟造成的重大混亂。

男老師怎麼在伸手不見五指的地窖中度過第一夜？他是怎麼想的？支配著他的是什麼感覺？驚愕？氣憤？厭惡？狂怒？恐懼？還是絕望？

早上，市長拿著備份鑰匙，端著咖啡和奶油蛋捲來給男老師，看到他坐在床墊上，兩眼無神，漫無目的在對面牆上游移。市長將早餐放在他腳邊。男老師轉過來，對著他。

「你明明知道我是清白的！」
「我不知道那個小女孩說了什麼。」
「她撒謊！」
「這是你說的。」
「你真噁心！是你指使她撒謊的。」
「你的處境不妙。」
「得了，不會一直這樣下去！這是不可能的！」
「你確定就好。」
「我只要跟她對質，她就會說實話。她是個好孩子，優秀的學生。」
「那就走著瞧吧。」
「這全是設計好的！不過阻止不了我把我的報告拿給探長看！你這個人渣！」
市長出了地窖，把門鎖了兩道。聽見另一邊的叫罵聲越來越大，但那也可能是嗚咽。

XIX

誰想殺狗，就會推說都怪牠有狂犬病。這帖古老的藥方子已被證明有效，向來藥到病除，只需與時並進，添點當代滋味即可。小女孩指控男老師，他清不清白不是重點。重點在於他遭到指控。某種程度上，無論結果如何，都會造成傷害。會留下印記，任什麼都洗不白。

如果指控保持機密，收效便會甚微，可是禮拜一早上，小孩們去上學，幾分鐘後就回家了，說學校關門，老師不在，家長不禁納悶。有幾個媽媽敲了男老師家的門。無人回應。於是男老師性侵毛皮小女兒的消息就這麼傳開，誰知道是打哪兒傳出來的，總歸是某張嘴。

男老師家中沒人，大夥兒跑到毛皮家，這次為數眾多，驚惶不安的母親緊緊擁著小孩貼在自己身邊。蜜拉走出來，來到屋前，儼然就是個小修女抑或聖徒，腰桿挺直又平靜，高貴又遙不可及，嗓音甜美不帶怒氣，親自證實了這個傳聞。是的，男老師拿他那話兒對她來硬的。那孩子沒再多說什麼就進屋去了。眾人先是一陣驚愕，隨後有人哭喊。一群人數越來越盛大的母親，其中也有男人，喧鬧聲四起，交相警告這個剛剛聽到的消息。

這股四下流竄的怒潮一道湧回男老師家。咆哮。咒罵。眾人並不知道他在市政廳地窖內，非要他出來面對不可。扔石頭丟窗戶。玻璃破了。衝著木頭大門狠踹猛踢。在牆上鬼畫符似地塗抹些髒話。因為窗內不見人影，這群人才稍微喘口氣。結論是屋裡必定沒人。

女人家帶著孩子走開。男人家跑去警告其他人。不到一小時，這消息就像蒸餾出稀有且令人酣然陶醉的酒精那般，已在全島散開。島民亢奮之餘，已不再注意那益發濃烈的邪惡臭氣，似乎布勞山側流出的隱形熔岩正在揮發，再窄小的巷弄也遭其侵襲，它找到牆壁和屋頂罅隙就鑽，不請自來，竄進家家戶戶，巡視一間間廳室，它也像不速之客，好整以暇，完全不會不好意思，準備好要上門吃飯，東道主則怕它一進門就賴著不走，搞得一屋子腥。

老女人到沙灘散步，途中碰到亞美利加，他把毛皮女兒的事全說了。回程，老女人經過男老師家門口，婆婆媽媽們剛散去不久，她看到門上那些怨恨的詞語，她甚至將手指浸到還沒乾的油漆裡，五顏六色，滴滴答答，還用腳尖踢開幾片碎玻璃，冷若冰霜的雙眼泛出一絲笑意，朝地上吐了口痰。

時值九月底，天空，不灰不藍，但覆蓋著透明的淡煙灰色已然轉為黏糊糊又不規則的一大團，太陽一照，就像邊上起角變形的腐臭奶油。海鳥、大鷗、燕鷗、鷹、海鷗、信天翁、鸕鶿以怪異的同心圓方式迴旋著，不像平日那樣飛在浪濤上方和近岸，或因為漁網沒有完全消散的魚味，而興奮地在停泊碼頭的漁船附近飛行，牠們反而繞著布勞山坡飛翔，喧嚷地兜著圈子，飛得又猛又快，翅膀、羽毛、鳥喙、叫聲最後終於勾勒成了一圈，賦予這座死火山周而復始、卻又虛而不實的勃勃生氣。

然後還有惡臭。再也沒有任何令人愉快的感覺，再也沒有一絲不確定：瀰漫全島的是一種腐臭味。就跟所有氣味一樣，聞也聞得出這種惡臭是什麼樣的氣味，那就像負傷的野獸死在灌木叢中，經過好幾天，屍體分解，最初的形體不見了，招來蒼蠅、蠕蟲、蛆，身軀因為氣體而膨脹得無比巨大，隨後塌陷，爆裂，腐水盡溢，淌出一道道黑魆魆的細流。

很難不令人想到湮滅在布勞五臟六腑裡的那幾具屍體。那三具屍體沉入數十、甚至數百公尺的地底，竟能讓全島籠罩在它們的屍臭味中，簡直不可思議，問題是臭氣沖天，偏偏又像是在展現它們的存在，它們的憤怒，它們的怨恨。報復即將以毫不留情的節奏展開，這股惡臭正是第一個報復行動：死者要生者為自己的冷漠付出代價。因為生者竟然像對待動物遺骸那樣對待自己同胞的遺體。生者選擇沉默，而非為其伸冤。生者將受到懲罰。

探長並不急著讓師生兩人當面對質。直到禮拜一下午三點左右，男老師和小女孩才在議事廳令人窒息的氣氛中面對面。窗簾拉上，既遮住廣場上越聚越多的人群，也遮住陽光，太陽簡直是想將全島及島民帶至沸騰最高點。

市長一個小時前就到了，醫生也是，因為市長請他早點過來。探長進來，穿得像是要去喝喜酒，白色細條紋藍套裝，米色真絲襯衫，紅領帶，漆皮鞋。少有的幾根頭髮也以亮光髮蠟貼到腦後。他剛刮了鬍子，因而看出他面色發青，健康狀況就這麼露了餡，證明他有恙在身，因此也就沒有任何口袋因為塞了酒而變形。

「各位先生，大夥兒都到了。是時候了！」

「需要我先離開嗎？」醫生用他那條噴了香水、髒兮兮的大手帕擦擦脖子，如此問道。

「什麼都別做，」探長在議事廳裡轉了一圈，仔細審查廳裡各個元素是否妥當，邊這麼回他，「人越多越有意思！」

一說完，冷不防轉向這兩個男人，滿眼興奮，蹦出這句：

「你們看到他們在外面了嗎？箭在弦上！我喜歡群眾這麼來電，變得無法預測！什麼都可能發生。過來看看這些人：野獸正在坑裡等著吃咱們扔下去的肉呢。每個人都不想錯過，大家都想帶一份回去。太妙了。」

他拉開其中一扇窗簾，從窗戶可以俯瞰廣場。市長不情願地站起來，醫生也跟著，一來免得市長獨自過去，二來也免得惹惱探長，因為他猜測探長是神經質個性，搞不好神經還有毛病。三個人這會兒都看著廣場。

「所以？你們覺得如何？好像在劇院，對吧？」

市長掩飾不住自己有多驚訝。醫生則以笑容掩飾，但使勁擦著額頭的方式卻證明了他的不安。在他們下方，廣場四周被占得滿滿，老弱婦孺，男男女女，好幾百個，人擠人，密密麻麻，窸窸窣窣，有如蜂群。他們的聲音組成的這曲絮叨樂音，催人入眠，擾人心扉，嚶嚶嗡嗡，原始野蠻，範圍既廣又環繞四周，嗡嗡聲入耳，身體各部位無不為之震動，終於衝上腦門，聽了就煩。

突然，沒有人知道為何，這一大片聲音漸漸平息，隨後停止，同一時間，市政廳對面的廣場盡頭，沿著教堂南隅的那條小巷有些許動靜，群情亢奮，彷彿被手術刀的刀片劃開那般，人群自動分成兩半。此時，市長、醫生、探長看到在逐漸分成兩半的小小開口中，出現了蜜拉的細瘦身影，一身白，雙手合握著一根大蠟燭。

為什麼握著一根大蠟燭？是誰幫她出的主意？

然而，蠟燭和白衣確實產生了效果。人群靜默，不再躁動。不動歸不動，眼睛卻盯著那孩子不放，只見孩子後頭跟著她父親，毛皮，他沒拿蠟燭，不過雙手也合在一起，走路有點踉蹌，也許是醉了，八成是醉了，因為喝醉是他的習慣，腦袋瓜上斜戴著那頂熊毛假髮。

這孩子所經之處，男人摘下帽子，女人劃著十字，有幾個甚至雙腿一跪。這一切全都沒有事先說好。這一切不啻都是從人類古老的內心深底挖掘出那始終熱騰騰的恐懼與神聖符碼，我們雖然否認，我們雖然忽視，但它依然存在，必要時，當我們遭逢不順，當我們不知道的時候，當我們再也不知道的時候，它那顆古老的頭就會再度抬起。

那孩子往前走著，她走得很慢，直視前方，威儀莊嚴，她什麼都不看，唯有注視著遠方，對周遭人群視若無睹，捧在手上的那根大蠟燭，似乎起著基督聖體的作用。她進了市政廳。毛皮跟她一起消失不見。門在他們身後關上。人群保持沉默。

「太棒了，可不是嗎！」探長大叫出聲。「搞了半天，你們這個鬼地方的人花樣還真多呢！」

XX

不過幾秒鐘，女孩和父親就帶來了一股熱蠟和葡萄渣酒的氣味。蜜拉現在只用單手握著蠟燭，蠟燭已經吹熄。市長拉上窗簾，指指椅子。女孩就位。毛皮坐在她旁邊，打了個呵欠，把假髮整好。現場交由探長指揮。

「再過幾秒鐘，男老師會進來。我會讓他坐在這邊，面對妳。他會坐得夠遠，沒辦法傷害妳，但又夠近，讓妳可以好好看到他，他也可以看到妳。我會站在這邊。我們人夠多，能保護妳不受他傷害，所以妳沒什麼好怕的。我會問妳問題，請妳回答，說說妳發生了什麼事，就像妳說過的那樣。男老師可能會大吼大叫，發火失控，威脅妳，求妳。他做什麼或說什麼，妳都別管。妳只要說出真相就可以。懂嗎？」

「對，真相。我懂。」

「那好，市長先生，能否請你去帶嫌疑人過來？」

市長狀似不安。或許他在等探長去把男老師從急就章的監獄裡給揪出來吧？他對醫生投以懇求的一眼，探長看在眼裡，他懂。

「要是這樣你比較放心，那就請人陪你去吧。」

對這兩人來說，從議事廳到地窖的這段路從沒這麼漫長過。殊不知，這座建築物就和島上所有建築物一樣，其實有著侏儒的比例，然而那天，市長和醫生卻覺得空間擴大又擴大，走廊越走越長，彷彿是由可拉長的柔軟材料製成，樓梯多出一大堆台階，下個樓永無止境，而關押男老師的地窖則位在地球正中心，一切生於斯，也逝於斯，所有對立的力量均在此湧現與消亡。

市長從口袋裡掏出鑰匙，遲疑片刻，看了看醫生，只見醫生滿臉是汗，對他報以看不出喜怒哀樂的一笑。

男老師躺在床墊上，那姿勢讓人想起大教堂裡的死者臥像。跟死了似的。不過，醫生立刻看出他還在呼吸，打了個要市長放心的手勢。男老師直起身子，肘部撐在床墊上，看了他們一眼，心灰意冷，唇邊泛出一抹慘笑。

「連你也是，醫生！你難道不慚愧……？」

醫生的笑容有點走樣，但沒有因此就止住不笑。

「你要去跟那女孩對質，」市長立即說道，「請跟我們走。」

「沒錯，讓我們把這件事做個了結。」

男老師好不容易才站起來。在這個毫不舒適、不宜居住的地方度過一夜，害他的動作跟老人家一樣遲緩。他走過市長和醫生身邊，沒再賞他們一眼。醫生注意到他身上散發出汗乾了之後的臭酸味，就是那種經過一夜好幾個小時，高燒病人躺在被汗水搞得濕透的被單裡翻來覆去，早上我們會聞到飄浮在醫院病房的那種氣味。

男老師進到議事廳，對蜜拉笑了笑，還叫了她父親的名字，打著招呼，但毛皮並沒回應他。他也向探長道了聲好。坐在議事廳裡的男老師還不是輸家，儘管他對當面對質和即將撥雲見日的真相信心滿滿，但整個人畢竟仍然驚魂未定、體衰力竭。

探長低下頭，毛皮也低下頭。女孩向他打了招呼，稱他「老師」，這顯然讓他開心。他認為這是一種尊重的證據，如果孩子指控他的事屬實，那這種尊重不可能存在。然而除了他之外，其他幾位聽到孩子發出「老師」一詞的聲音，還有她說出的方式，都認為可能是因為寒蟬效應所致，顯露出男老師之於女孩無止境的以上對下和權威性，以及搞不好他還逼她做出最不堪的事，並且得逞。

該怎麼總結隨後發生的事呢？男老師自己害自己陷入死胡同，無須任何人幫忙推他一把，他自己就做得很好。隨著他的論據逐漸站不住腳，他覺得眼下的情勢對他來說簡直就是設計完美的陷阱，完全不給他任何機會，他的聲音變得更加哀怨虛弱、顫抖空洞。

孩子說話的高低起伏在各方面都完美無暇。探長要她敘述這一切是怎麼發生時，就像她一向都是好學生那樣，她聽話地照做，以小鳥般婉轉的輕聲細語娓娓道來。她從男老師經常稱讚她成績優秀開始說起。當著全班同學的面，他稱讚她用功、成績又好，說她是全班同學的模範，有天分的孩子，小天才，男老師還補充說，除此之外，她還很有禮貌，教養好，討人喜歡，而且好漂亮。

探長叫她暫停，轉向男老師，問他這些是否屬實。他說對。

「你經常會在全班同學面前，這麼說某位學生嗎？」

男老師明確指出並不會，他不常這麼說，但他之所以這麼說，是因為想鼓勵這個絕對有點天分的女孩，她的家庭環境對她沒多大幫助，她值得過更好的生活。

「有關她的家庭環境，你這一點是什麼意思？」探長問。

大家望向毛皮，毛皮沒有反應，也許他沒意識到他們談到了他。只見他傻呼呼地盯著桌子，那頂假髮和那雙猶如動物的大眼睛，看上去就像剛從動物園逃出來似的。

「我知道她和她父親相依為命，她父親經常搭船出海。她的生活跟同齡小孩的並不一樣。她無依無靠。我想對她好一點。」

「好一點？」探長邊拉高嗓門，邊鬆開領帶，太緊了，黃色喉嚨上留下了紅色印子，活像有人要勒死他。

男老師什麼都沒回答。探長請小女孩繼續說下去。

「有時候，老師經過一排排座位，都會停在我旁邊，看我在寫的東西。他靠過來，離我好近好近，近到我都感覺得到他呼出的氣息和香水味。還有他的熱度。他真的靠我好近。我不敢繼續寫。我怕寫錯，當場，就在他面前，我怕被他發現我寫錯。但他什麼都沒說。他又待了一下下，有時還會摸摸我的頭髮，要不就是把手放在我的肩膀上。害我全身更沒有力氣。」

「所以說，他摸了你。」

「對，他摸了我。」

「你怎麼說？老師？這是真的嗎？」

看得出男老師心中波濤洶湧，使得他臉上的線條猝然緊繃、失控，因憤怒而微微抽動，好像神經在抽搐。當下的他不再只有三十歲。再也看不出年齡。他逐漸披上受害者的衣裝，加害者反倒以受害者的姿態叫屈。

「我對蜜拉這樣，對其他學生也這樣啊。」

「其他學生？」

「對。這樣不行嗎？」

「愛撫小孩子?」

「你稱之為愛撫,立刻就把邪惡的內涵冠在這個詞上。但這只是一種表示好感和鼓勵的動作。獎勵學生的方式。我們不是機器,我們也不是在跟機器上課。」

「那妳呢?小朋友,」探長問道,「男老師這樣碰妳,妳感覺如何?」

孩子立即回答,快到令探長詫異。

「我不舒服。我覺得好羞恥。我難受得不得了,可是我不敢說。」

「繼續。」

「有一天傍晚,自習課結束後,他要我留下來。其他同學都走出教室,可是我沒有。前一天我們剛考過大考,我不確定考得好不好。我很擔心。老師跟我提到考試,還有我這學年的成績。他又跟我說,他為我感到驕傲,我是個非常好的學生,我可以繼續升學,這樣我才會有好工作,離開這座島。然後他跟我提到前一天大考的事。」

小女孩自己停住不說。狀似突然不知所措,而且非常激動。她把臉轉向父親,但他還是人在心不在。她看了市長一眼,市長掉過頭去,隨後她又看看醫生,他開始檢查口袋,一副得立刻找到某個重要東西的樣子。這些方才出現的不自然舉措,探長全看在眼裡。針對晚自習,她的考試結果,還有其他學生都回家了,他唯獨留下她的這件事,他問男老師,這孩子說的是否屬實。

「是真的。」

「你不介意在旁邊無人在場的情況下，和一個女孩子獨自待在教室。」

「我從沒想過這有什麼不好。」

「老師，你的靈魂可真純潔。你過著出世的生活。就某方面來說，算你好運。蜜拉，麻煩妳繼續說下去，」說這話時，探長十分和氣，大家從沒見過他如此和藹可親。

女孩依然沉默不語。眼睛稍微有點亮晃晃的。議事廳好像突然縮小。令人喘不過氣。每個人的腋下都因為熱氣而濕了一大片。醫生不停揩著額頭上的汗。遮住窗戶的厚重窗簾予人一種再也出不去、會悶死在這地方的感覺。孩子眼中出現一滴淚珠，隨後又一滴。她哭了起來，默默掉淚，她沒有動，仍然直挺挺的，而且穩穩坐著。

「要不要暫停一下，」探長問道。

她搖搖頭，淚眼婆娑，看了看滿臉驚愕的男老師。

「那天晚上，老師告訴我，我考試沒過。」

「才不是這樣！」

「閉嘴！讓她說！」

「我的分數很差，可是，或許有一個能讓我得高分的解決辦法。」

「蜜拉，妳為什麼說謊？」

男老師從椅子上站起來，傾身靠過去，小女孩一臉驚恐。

「請你立刻坐下，否則我就把你綁在椅子上！你希望這樣嗎？給我坐下！」

探長等了好幾秒，男老師才照辦，像一包衣服那樣跌坐在椅子上。

「請繼續。」

「老師叫我到辦公室找他。他摸我的頭髮，我的臉頰。他告訴我，有時候成績不好並不嚴重，我是個非常好的學生，這次考不好只是意外。他叫我坐在他腿上。」

「**這才不是真的！妳說謊！**」

「我不要。他逼我坐。他邊摸我，邊繼續跟我說話。他的手在我的大腿上摸來摸去。」

「**她說謊！**」

「他說我很漂亮，我應該乖乖的。他把我的裙子撩起來，摸我的內褲。」

「**不要說了！妳為什麼說這些？**」

「我動不了。我以為自己死了。他把手指伸進我的內褲，摸我那個你知道的地方。他拉起我的另一隻手，塞進他的長褲裡。我感覺到他的那個好硬。」

「太可怕了！妳為什麼亂說？蜜拉！」

「他逼我摸他的那個。他告訴我可以把低分換成高分。那天晚上回到家，我吐了，還發燒。我不想回去學校。」

小女孩說到這兒為止。男老師激動得說不出話，發狂的雙眼一下看看這個，一下看看那個。突然，彷彿來自地心深處，轟隆聲響從搖搖晃晃的牆根往上升起，議事廳變得像團棉花糖般軟綿綿的，同時，每個人也感覺到腳底下有震波襲來，正以自古以來就跟試圖掐死牠的三叉戟搏鬥的巨蛇的那種方式扭轉著脊椎。劈哩啪啦，叮鈴鐺鋃，喊哩喳啦。似乎連大會議桌都想逃跑，正在哀叫。布勞在怒號。彷彿他不滿那孩子所說的話。然而現場只有探長一個人被這種現象嚇到，因為他不習慣。

「沒什麼。火山。」火山轉移了探長的注意力，市長不太高興。恢復平靜。牆壁重拾淡定，大會議桌再度鎮靜不語。可以繼續拷問男老師了。

「結果那次考試你得了幾分？」探長問。

「最高分。」那孩子如此回道，邊以衣袖擦著不停滾落臉頰的斗大淚珠。

XXI

在隨後那幾分鐘裡，在這幾分鐘的沉重寂靜當中，大家眼前出現了一些影像。那孩子方才說出口的那些場景的影像，以及她本該會說、但因為沒要她說而沒說出的那些場景的影像。她最後說出「最高分」那三個字，包藏了恐怖又卑劣的惡臭世界的一切。那三個字成了卑鄙下流動作的集中地，想像力自此讓每個人看到有如在電影銀幕上所見的那種影像，清晰得令人困窘。不需再多說什麼了。

男老師再也忍不住淚水，蜷縮在椅子上，他在哭。而在持續進行的對質過程中，他也沒再介入。就連探長讓他發言，訊問他，要他確認或否認蜜拉剛剛說的關於他們經常往來、他是如何性侵她、在哪裡、在什麼情況下、以什麼方式，他都不再打破沉默。他淚流不止，時而盯著那孩子，她似乎不以為意，每每都以濕潤的雙眼回看，儘管她的眼淚始終不曾妨礙到她聲音的清晰度，但她邊進行著無情的敘述，也邊一直哭個不停。

「感覺有點像是被附身，」後來老女人敲了醫生家的門，要他解釋當晚場景，醫生就這麼對她說。「小女孩像是被什麼纏住似的。似乎是某樣東西、還是某個人透過她在說話。我是個超級唯物者，不相信任何形式的怪力亂神，但當時那種情況還真是令人不安。而且，我們還覺得，她說出所有要說的話，耗盡了全身氣力，隨時都會暈倒。」

老女人沉默不語。醫生為她斟的一小杯酒，她也沒碰。他把玩著雪茄。她則在琢磨方才他告訴她的一切。夜幕低垂，因為一大堆人占住市政廳廣場這麼久，所以城裡街道淨空。醫生家臭得像條死狗。他把濕布塞在每扇窗戶下面，防止臭氣竄進屋內，卻不見多大功效。他和老女人共處時，鼻子上經常都圍著手帕。亞麻手帕事先浸過香檸檬，但還是沒能完全驅散惡臭。

「你怎麼啦？感冒？」

「沒有。妳什麼都沒聞到嗎？」

「聞到什麼？」

「這味道啊，都兩天了，好像屍體正在腐化，味道瀰漫全城。」

她輕蔑地瞄了他一眼，瘦癟的腦袋微微搖了搖，臉上那兩顆白眼睛勾勒出兩個小小的無底洞。

女孩一股腦兒陳述完證詞，探長起身，毛皮好像醒了，市長再也忍不住，他覺得空氣不流通，而且那孩子所說的事有如一隻大手掩住他的口鼻，害他無法呼吸，他走近窗邊，拉起窗簾，握住把手，正準備打開一扇窗戶，卻看到一大堆人，他都忘了他們的存在。他定住不動，呆呆愣著。好幾百雙眼睛抬起來注視著他。他把窗簾拉回去。外頭響起低沉的隆隆聲，彷彿有人剛剛點燃巨大的鍋爐。

他們決定先讓孩子和她父親回去。蜜拉又捧起蠟燭，兩眼低垂，盯著地面，離開了議事廳。毛皮看了市長一眼，似乎在等他下令。市長被他惹惱，示意要他快走。市政廳的門開了，女孩現身，喧譁聲驟然停止，跟幾小時前她來到廣場那時一樣，不再出聲。大家又為她讓出道來。她走著，抬頭挺胸，威儀莊重，手上的大蠟燭熄了。父親跟在她後頭，活似一條老癩痢狗。

廣場上一大群人看著她走過去。儘管酷暑，眾人卻驀地感到一陣涼意，看到她如此瘦小，如此蒼白，每一步都走得如此無力，只見她已穿過半個廣場，來到人群正中央，正好位於兩條對角線的完美交叉點，有如萬物中心。她停了下來，一手置於胸前，隨後又放到喉嚨上，離她最近的那些人看到她蒼白的眼皮宛若蝴蝶般一翕一合，隨後兩眼翻白，瞬間倒了下去，有如遭鐮刀利刃割過的白色亞麻花冠落在黑色路面。

此時人群爆出一聲尖叫，類似響亮的吐痰聲，充滿惡意，跟釘子般尖銳，像剃刀般鋒利，單是這聲尖叫就展現出眾人非得看到報復徹底完成不可，這聲尖叫在廣場上爆裂開來，敲到建築正面，撞上教堂大門，然而教堂大門悶聲不吭，最後撞到市政廳窗戶，這才終於停歇，市長、探長、醫生站在窗戶後面，簡直像挨了一記耳刮子，在此同時，一直都還坐著的男老師似乎懂了，從今以後，不論發生任何事，不論他能做些什麼或能說些什麼，對他而言，一切都完了。

XXII

對質過後，男老師只有死路一條。不論如何，結果都一樣。沒人說出來，但人人都有這種感覺。

蜜拉昏倒，大夥兒伸直胳臂，像抬聖髑那般將她抬回家，隨後又劃起十字，誦經祈禱。毛皮跟在後頭，哭得跟淚人兒似的。大家把那孩子放在床上。婦道人家緩和她的情緒，用濕毛巾讓她涼快一點，還給她煮了清湯，守著她；同一時間，毛皮則在廚房，手伸進褐色的尼龍假髮下面，邊一直掉淚，邊一杯又一杯，喝著漁民斟給他的酒，因為他們要他說說市政廳裡的那一幕。

由於沒人出來解釋清楚，所以還是有人霸占著廣場。不是整個人群，而是約百來個男女，由於瞭望塔似乎沒有指出明確方向，所以這些人持續議論紛紛，緊盯著燈火通明的市政廳窗戶。等著已遭眾人剝奪老師職銜、如今只管叫他怪物的那個畜生出來。大家等著他出來，或者該說大家堵在那，不讓他出來，說穿了，兩者是同樣的意思。

探長、市長、醫生，另外這幾位離那一幕很近的目擊證人，有了進一步的體認。他們知道，歷史上充斥著嗜血、盲目的群眾，而且，即使群眾每每是錯的，最終卻每每都得到自己想要的。

男老師要求單獨跟探長談。市長和醫生則因為議事廳裡變得難以呼吸而樂得離開。然而，他們判斷當下走出這棟磚石建物絕非明智之舉，因為一出去就得對群眾發言。說話。回答。現在還不是時候。於是他們便把自己關在市長辦公室裡。

「你覺得男老師會跟探長說什麼？」醫生問。

「管他的。那三個淹死的人，我們幹的事，他的實驗，他的結論，隨他愛說什麼就說什麼。探長聽歸聽，但不會採取任何行動，因為他現在有更重要的事要忙。」

「我真想跟你一樣這麼篤定。」

「通常都是我在窮緊張，你安慰我。」

「此一時，彼一時。我不喜歡我們做的事。」

「那你以為怎麼樣？我也不喜歡，但非做不可。我說啊你就別擔心。重要的是男老師滾蛋，離我們遠遠的。就這樣。明天小女生推翻自己說過的話，他就能洗刷清白。你大可說因為你既不是法醫，也不是婦科醫生，所以醫療報告你理解錯誤，其實你什麼都不確定。但是，這些紛紛擾擾會把他逼回大陸，比再順的風都快得多。我們可以擺脫他，而後最終才能好好考慮真正的問題。」

探長要人送三瓶葡萄酒和一瓶燒酒過來。咖啡廳老闆親自出馬。大家眼看著他走過。他謹慎地走上去，彷彿正在執行崇高使命抑或押送黃金。探長沒讓他進到廳裡，叫他把酒放在入口。老闆連瞄都沒瞄到男老師一眼就離開了，不過他一出去，還是立刻鉅細彌遺將男老師的那張臉著實描述了一番。

「我都認不出來了。他腦袋裡在動什麼歪腦筋，這會兒全都露了餡。虧我們還把孩子交給他！他每天早上去跑步，虧我還把他當成大好人，跟他道早安呢。人渣！你們真該看看他坐在椅子上那副德性，兩眼慌張，嘴巴耷拉著，還有他的手，他的手指，他那雙放在他面前桌子上的髒手。醜陋得要命！要不是探長在，不然我準會忍不住，打爛這王八蛋的臉！」

探長將酒倒進兩只杯子，把一只放到男老師面前，男老師動都沒動，探長倒是一飲而盡。探長扯下領帶，甩得老遠，懶洋洋地把外套扔到桌上，解開襯衫扣子，捲起衣袖。他走過來在男老師身邊坐下，半邊屁股坐在桌上，另外半邊懸空，他就喜歡這樣。他又給自己倒了杯酒，一小口一小口喝著，同時凝視著男老師。他看起來就像正哀憐地望著一隻生病的動物。男老師深吸一口氣，開口說道：

「我有事要跟你說。」

「那個小女生很會編故事，」探長說這話的語氣極其輕鬆。

男老師看著他，簡直像突然間看到神佛顯靈。

「你說什麼？」

「我說這小女孩想像力超豐富。不過，這一點你應該知道吧，不是嗎？」

男老師張大嘴，還沒回過神來。莫非風向竟然轉了？

探長喝完那杯，又再度斟滿。

「熱死了！這種地方，你怎麼活得下去？你不喝嗎？」

男老師揮手表示不喝。他說不出話，腦袋裡八成有一堆自相矛盾的想法在打轉。外加這難熬的一夜，情緒起伏，小女孩說的話在在讓他身心俱疲。探長剛剛說了什麼？他不知道自己是不是真的聽懂了。

「你錯了。我想知道，除了葡萄酒和烈酒，一個人的一生有什麼值得嘗試？有什麼值得經常來往？總之不是人就對了。我們剛剛才見識到人可以何其卑劣的大好樣本。」

「所以，那女孩說的你全都不相信？你相信的是我？你相信我，不是嗎？我說我是無辜的，我什麼都沒做，你是相信我的？」男老師語帶顫抖地問道。

探長打量著這個可憐的小伙子，看了好幾秒。他可不希望自己身在男老師這種處境。他聳聳肩，站了起來。他拿著杯子，往三扇窗戶中的其中一扇走去。透過窗簾往外偷瞄，指指外面。

「我相不相信你一點都不重要，你是不是無辜的，也沒重要到哪兒去。重要的是那裡、下面那邊，那些男男女女，他們相信什麼。他們看起來活像守在坑裡的鬣犬。你喜歡動物園嗎？我啊，我討厭死了。小時候，大人老是帶我去動物園。破破爛爛的地方，樹上滿是灰塵，樹叢裡還堆滿垃圾和油膩膩的包裝紙。一股屎味，到處都是，血淋淋的傷口味，還有快嗝屁的野獸氣味。就像下面那些人一樣，他們在等。」

「可是你可以告訴他們，向他們解釋啊！」

「解釋什麼？解釋那個女孩遭到性侵？醫生的檢查證明她確實遭人性侵，除非他說謊，這一點畢竟不能排除。這座島可不缺厚顏無恥的混蛋。你要我向他們解釋她指認你的證詞是在說謊？是她自己編的？性侵她的八成是她那個腦子有病的爸爸，要不就是哪個叔叔？還是跟她爸一樣腦子有洞的堂表兄弟？向他們解釋說你跟這件事沒有關係？說她根本就是在演戲？有人教她的嗎？有人對她施壓嗎？還是有人威脅她，要是她不把這些胡說八道照章背出來，就要送她爸去吃牢飯？搞不好誰還給了他們錢？還是送了其他我哪知道會是什麼的東西？誰會相信我？」

「但這才是事實真相啊！」

「我說老師啊，誰會對真相感興趣？真相？壓根兒沒人在乎！那些人要的是你的項上人頭。你知道他們為什麼要你的人頭嗎？因為透過逮捕你，把你押到這兒，讓你跟那女孩對質，就等於答應底下那些人，要把你這顆相當之滿的人頭奉送給底下那些空空如也的腦袋。想像一下，現在要是把你這顆腦袋從他們身邊拿走，他們會有多失望！一隻狗啃骨頭啃得正起勁，你有沒有試過，把骨頭從狗嘴拿出來會怎麼樣？」

幾秒鐘前，男老師還曾再度燃起希望，這下子卻只能震驚得乾瞪眼。他快無法呼吸。探長回坐在他旁邊的桌子上。抓起酒瓶。

「還有，性侵犯是你，對他們而言再適合不過，因為你跟他們不同。你來自他方。你與眾不同。你是他們島上的陌生人！如果我告訴他們，性侵女孩的是他們當中一個，跟他們一樣，是以他們的形象、用同一塊木頭刻出來的，你覺得他們會喜歡這種說法嗎？會接受嗎？秀出鏡子裡人類自己那副醜陋的尊容給人類自己看，你以為人類喜歡這樣嗎？人哪，向來看不清楚真正的自己，一旦咱們發現自己是怎麼樣的人，那根本無法忍受！告訴他們是他們其中一個幹的，一個純本地產品，一個島上的人，不但摸、還插進十一歲小女生裡面，你認為這是個會討人喜歡的好主意嗎？你認為他們會接受這想法嗎？不會的。你對他們非常有用，老師。他們不會放過你的。」

男老師嚇得六神無主。恐慌很快就起了作用。全身上下，四肢百骸無不顫抖。他試圖嚥下口水，但辦不到。他一臉扭曲，吸了口氣，舔舔嘴唇。探長又把酒端給他。

「喝。」

男老師乖乖喝下。

「我被犧牲。我知道他們不想看到事情爆出來。我寫了報告。我是目擊證人。我做了實驗。他們只考量到自己過著安穩的日子。溫泉水療中心計畫就是這樣。我可以全告訴你。當時我在場。我懂。他們知道我知道。我猜出來了。船。走私。市長。醫生。老女人。劍魚，亞美利加。所有人。我在沙灘上加入他們。還有神父。後來。甚至就是在這裡。還有在冷凍庫裡。他們把屍體放在那邊。跟魚一起。就在藍色篷布下面。然後還有火山洞。我們把屍體推下去。然後就什麼都沒了。無聲無息。而後你就來了！」

男老師一說不可自休，探長想攔都攔不住。

「你有沒有意識到自己說話時就像個瘋子似的？你想告訴我什麼，我啥都沒聽懂。冷靜下來。發火於事無補吧？已經太遲了。太遲了，我告訴過你。你手上沒有牌。還有一點，反正我不可能為你做任何事。」

「但你好歹是個警察！」

「這一點也是，你也犯了錯誤。」

「你在說什麼？」

「我說你錯了。」

「你難道不是探長？」

「每個人都希望我是。這當然是我的錯：我接受了這個角色，那是因為這麼一來，我可以更容易辦到過來這裡要辦的事。殊不知，我要是警察，那你就是在小酒館表演的舞孃。警察，不過是我扮演的角色。如此而已。我年輕時在大學演過一點戲。他們說我演得很好。這裡每個人都希望看到我是警察。我總不能讓他們失望。某天，我在一個死人身上撿到一張地圖，我把這張地圖攤在市長眼皮子底下，他很滿意。因為這樣，他才好辦事！每個人都撒謊。生命就是一場鬧劇。方才那一幕，我覺得相當有意思，瞎胡鬧，那個小女孩學會演出她的角色，那些下三濫的髒事就這麼攤了開來，毫不羞恥，但我不是為此而來的，而且我時間不多了。你甭想靠我，你得自己想辦法。」

XXIII

最奇怪的是，探長當晚去找醫生。他敲門時，醫生才剛到家，他沒料到探長會到他家來。他請探長進了門，問他為何來找他。為什麼是來找他、而不是去找市長？因為直到目前為止，和他對話的都是市長。

「告訴你原因有什麼重要嗎？我人在這兒，就這樣。我在找能聽我說話的人，我在找會知道如何把我說的話重複說出去的人。你的市長太神經質，易怒，被自己的憤怒蒙蔽，不過，我哪需要告訴你他怎麼樣，你比我更瞭解他。我喜歡把他推到谷底、嚇唬他，但我很快就煩了。我喜歡像貓那樣捉弄老鼠，可是撐不久。何況他啊，我擔心他不會亦步亦趨照著我說的做。我說啊，難不成我們要在走廊站到天荒地老？今天這一天已經夠長的了。」

醫生看診室的門是開著的，醫生指了指。探長走進去，倒在扶手椅上。

「我看起來不怎麼正經，不過引我來到你們島上的，可是樁正經事。派我過來的人討厭鬧著玩。除非你能把他們交辦的工作做好，否則他們還討厭很多東西。結果證明有人試圖搞砸他們的工作，妨礙工作進行，甚至可能害他們的工作泡湯。我啊，我會向你解釋一切。我有機會觀察你。你是個冷靜的人。你不傻，雖然你和其他人一樣兩手齷齪。你啊，你也是個普通小人。我不評斷你，因為我也是，而且是最卑劣的那種。跟我比起來，你算羔羊，不過是隻皮毛沾染污斑的羔羊。你不舒服嗎？為什麼老用手帕摀著鼻子？」

可怕的屍臭味非但沒消失，反而隨著時間越來越濃，可是探長似乎沒聞到。

「我覺得你們全都喪失理智，一味在自己這個封閉的世界裡窮打轉……除非你們早就失去理智，這一點我毫不驚訝。現在我該離開的時候到了，我再也不會回來。要是不太冒昧，你有什麼東西可以喝嗎？如果你給我一支你抽的雪茄的小兄弟，我是不會拒絕的。我一直都覺得吸吸這種東西能激發深思熟慮。」

醫生去拿了一瓶香橼利口酒，兩只小杯子和雪茄盒。探長審視著雪茄盒，嗅了嗅其中幾種，夾在拇指和食指間檢查柔軟度，醫生則將杯子斟滿。探長終於挑了一支robusto，優雅地剪切，再好整以暇地點燃，轉動，這樣受火才平均。他吸了頭幾口，嚼著煙，看著煙從嘴裡冒出來，形成灰濛濛一片。他心滿意足，將利口酒端至唇邊，一口氣喝光，放下杯子，臉皺成一團。

「好可怕！這種蹩腳貨是你們釀的嗎？該立法禁止。」

但這並不妨礙他連問都沒問，就自己又倒了一杯。

「你們以為這盤棋局穩操勝算，自以為能一路贏到底，沒想到一粒沙子害得你們驚慌失措。我不知道是誰想出這樁超扯的性侵事件，犧牲掉一顆棋子……在當前情況下就是那位可憐的男老師……犧牲他，好處是零，你們不會得救，相信我，我這是經驗之談。你們不會贏的，甚至還有輸到脫褲子的危險。是你想出來的？還是市長？說到底，這也不重要了。你們都是人渣。現在對你說這話的可是一位人渣專家。」

「我想告訴你們的是，你們回不了頭。我不知道這件事會怎麼結束，八成很糟，但你們得自己想辦法收拾殘局。我啊，我則早已遠去，很快就會將你們拋到九霄雲外。」

「我跟你們說過，你們全是混蛋，但你們還不夠天不怕地不怕，像我這樣。我懷疑你們還殘留著一絲荒謬的基督徒背景，打從哥耳哥達*那段針對過失和赦罪的事件以來，基督教義就開始大發利市。你們就是會被這種東西給害死。你們不夠超脫。你們有齷齪的野心，精神上卻沒有超脫的本領。想在撒旦手底下做事，就得愛火，不怕被火焰炙烤。你們半途而廢，因為你們有骯髒的靈魂，卻沒膽。你們是三腳貓業餘玩家。你們將要承擔後果，因為你們會想贖罪，外加悔恨得要命。我確定。」

* Golgotha：意譯為「髑髏地」。本譯採天主教思高本聖經譯法。多年來，「哥耳哥達」一詞和十字架，一直是耶穌基督受難的標誌。

探長又幫自己倒了一杯。皺著眉頭吞了下去。目光在牆上掃來掃去，強忍著別咯咯笑出來：

「你身邊這些書，你都讀過？」

「讀過不少。」

「讀了有什麼好處？」

「有助我理解很多事情。」

「我想知道有哪些？」

「人。人生。這個世界。」

「就這樣而已？自大！讀了這麼一大堆書，結果卻想出性侵這個爛招？這些書對你沒啥幫助。性侵事件站不住腳，除了群聚廣場上那一大堆異常亢奮的笨蛋外，誰吞得下這盤做好現成的菜？我來找你之前，本來應該去找那女孩和她父親。三個巴掌八成就夠他們說出新版本：一個巴掌賞那小女生，讓她說出她撒謊，因為她父親要她那麼做；兩個巴掌賞她那個荒淫無恥的父親，要他向我招認是他亂摸女兒，還性侵了她好幾個月，而且市長也知道這件事，因為有一次在船上……還是別的地方……被市長當場逮到，於是市長要求毛皮指控男老師，以換取自己免罪。我離開時，他們兩個還會淚汪汪的，一個小賤貨和一個南方古猿，真該把他給閹掉，連他的兩隻手也一併砍了。」

「你們想要脅這位可憐的男老師，不准他開口，阻止他告訴我你們對那三具淹死的屍體幹了什麼好事，還有他後來搭船到處晃時發現了什麼？白忙一場。你們得找更強有力的東西。少擺這個臉，男老師全告訴我了，反正啊，我在踏上你們這座狗屁之島前，知道的就夠多了！」

他住口不說了，檢查一下已經熄滅的雪茄，聞了聞，然後又聞了聞身邊的一切。目光直直盯住醫生的眼睛。

「現在就像你說的，的確很臭，可是我覺得發臭的是你！」

XXIV

探長說，醫生聽，探長說著說著，喝光了那瓶香櫞利口酒，也抽完了那支雪茄。醫生納悶，不知道是哪些繩索將這個被魔鬼附身的人重新與生命聯繫在一起，讓他回歸人世。是冷漠？是基於將事情做好的熱愛？是殘酷？是厭惡自己的同類？厭惡人類？是因為對謀殺無法饜足的熱愛？還是誠如探長自己向市長坦承的那樣，是因為摧毀的樂趣？

探長說過，他來醫生這兒，是因為他看出醫生不像市長那樣情緒化，醫生甚至能解釋自己的所作所為。可是醫生明白，探長的來訪應該是出於威脅策略。對探長來說，一小撮一小撮地散播恐懼極其重要，就像把鹽灑進開放性傷口的血肉裡那樣，醫生會痛哭流涕，而探長則希望一會兒後，這塊被鹽軟化的嫩肉可以任他炮製、宰割。

男老師試圖向探長解釋他的發現時，探長並沒有出言反駁。

「我甚至提供了一些他沒有的情報。」探長說道，邊把雪茄菸灰撣在一個完全不是為了裝菸灰用的雜物小盒裡。

「我為那些有重大經濟利益，並有部分業務涉及航運業的人辦事。只要是能買進賣出的商品，我這些雇主全都會參一腳。都好幾十年了。原料、蔬果、車、菸、消費品等等。他們致力參與全球經濟活動，順應市場。你知道市場可是瞬息萬變啊。」

「各國的法律都僵化得要命，根本不符合市場原則而且限制重重。於是我的雇主必須自行找出方法以滿足客戶，同時又能盡量遵守法律，這就是他們為什麼都喜歡低調。不低調，一切都白搭。同時他們也打算不計一切都要維持低調。我想，你應該懂我意思吧？」

探長說得一副好像銀行雇員、會計師、政客似的。或許這一切全是真的？聽到他說話，我們才相信他是當真的，儘管語氣不慍不火，但每個字背後都聽得出語帶威脅，就像走在布勞山側某幾條小徑那樣，每塊石頭底下都暗藏毒蠍。

「隨著世界動盪，出現了新的需求。近年來，局勢不穩，各國內戰頻仍，財富分配不均，飢荒處處，加快了全世界從南到北的大遷徙。人類在受苦受難，我那些雇主可沒有無動於衷，他們意識到官方國際組織的負擔過重，於是盡力讓成千上萬的婦女、兒童、男人，來到他們心目中的新應許之地。咱們通常都低估了一點：我那些雇主和其同儕不是只有唯利是圖而已，說不定，他們首先就是……容我說一句……出於人道救援。我看到你對這點感到驚訝，但我不是要你相信我。我才不鳥你怎麼看、怎麼想。我提出這些事實，提出這一點，只是為了讓你充分理解，如此而已。大家指責那些提供我報酬的人，說他們的方法是為了擺脫競爭，除掉絆腳石，沒錯，這些方法有時確實是快狠準，但跟造成無數傷亡的資本主義和極端自由主義相比，他們做的這一切算不了什麼。」

「這世界成了個商業世界，這你是知道的。不再是知識領域。科學或許曾經引導人類一段時間，但如今已是金錢掛帥。擁有金錢，留住金錢，得到金錢，讓金錢流通。我的那些雇主，雖然受到人道主義意向驅使，可他們也是生意人。他們試圖調解這兩者之間往往天差地遠的追求，使得兩者趨於一致。偏偏有人不停在他們的輪子裡面插棒子，妨礙他們前進！喏，就拿邊界打個比方好了。一旦涉及人命關天，邊界何其荒謬愚蠢，這你同意吧？因此，我的雇主們構思出隱密的海上航線，不受雞雞歪歪的行政機關亂找碴妨礙，盡可能讓這些不幸的人抵達應許之地。」

他又倒了一杯，聲音驟然一變，變得有點大舌頭，說起話來也比較慢。

「一切運作良好，直到不久之前，隨後就出了點問題。這些問題看似微不足道，畢竟還是打亂了雇主們想像的美好和諧，也削弱了別人對他們的信心，首先就是未來客戶的信心開始動搖。而這點，你能想像，雇主們覺得相當不受用。」

「我就長話短說吧，一些根本不像他們那麼有經驗、缺乏專業知識、辦事又不牢靠的人，竟然妄想提供跟我的雇主們一樣的服務。那些派我來的人不僅利潤減少了，一開始金額還不多，不過可能會越來越少，但更重要的是，竟然還出了事：你們在沙灘上發現的那三具屍體就是證據。實在令人不快。出了這些事，怎麼維持必不可少的客戶信任呢？可不是嗎？哪還能繼續低調行事？事態蔓延，牽連到我的頂頭上司，哪還能低調得下去？我來這兒，只不過是要警告你們，告訴你們：我們知道。告訴你們：夠了。」

XXV

說實在的，醫生聽懂了梗概，卻沒聽到重點。他聽出探長語帶威脅。探長光一味對他的雇主們歌功頌德，讚揚他們有多好心，卻始終沒說出他們姓啥叫誰，不過醫生猜到了。他知道島上和任何其他地方都一樣，若是擋在這些人的路中間，妨礙他們達到目的，落不到半點好處。

醫生跟每個人一樣，太瞭解這些人的作風和能力。他們建立了國中國，雇用大批人員，大量消除異己，對絆腳石毫不留情，並且利用夠野蠻的形勢逼迫異己就範，震懾人心，以儆效尤。

大家經常將該組織與章魚相提並論，這正是一直令他擔心的地方，因為章魚是最溫順優雅的動物，與海底世界的其他生物和諧共處，一輩子大多以隱士自居，處於深洞，遠離所有關注，不造成任何傷害。

可醫生不明白的是：為什麼這個假警察視這座島為那些派他來的人所規劃的商業機制中的絆腳石？三具屍首被海浪打上岸的這個事實，又為何代表了他們非除掉不可的競爭對手？

「要麼你是個白痴，要麼就是你自以為全知道，殊不知有些事你被蒙在鼓裡，而你之所以被蒙在鼓裡，正是因為有人把你當白痴。」

探長心不甘情不願地放下杯子，拎起腳下那只皮都已經磨損的手提箱，拿出一大疊紙，放在醫生的辦公桌上。

「我給市長的那幾張，我猜他八成到處拿給大家看了吧？這些是其他部分。你可能會震驚於照片的品質和精確度。大名鼎鼎的上帝之眼，只不過當今的天主可是擁有無數雙眼睛，而且總是睜得大大的，不停看著我們。只要敲對門，就能取得祂眼裡所見的影像。我那些雇主的門路多得很，這對他們來說並不難。來，你慢慢看吧。」

身子往後一退，抓起瓶子，他又為自己斟了一杯。一口氣喝個精光，這才微微一笑。

這些照片分為兩個系列。其中一半可看到你知我知、發現屍體那個早上的場景，當時在場的各個主角，很容易就看得出誰是誰，此外還有那個場景的不同時刻：所有人在篷布邊，圍成一圈，接下來還有圍在一個看似臨時祭台的周邊祈禱。隨後又看到一行人離去：老女人、她的狗、男老師、醫生、亞美利加、劍魚。劍魚駕著運貨車過來。劍魚和市長掀起篷布，把屍體搬上車。

第二系列的照片分成四個階段，呈現的是一齣悲劇，其中包括好幾張加快動作進展的縮時攝影，令人看得益發眼花撩亂。

第一張上面是一條船，幾十個黑人全站著，擠成一堆，人多到看不出甲板和駕駛艙，沒有任何東西可供辨識這條船是誰的。第二張照片，還是看到好多人縮在船尾，不過這張當中可以清楚看見船頭和部分甲板。第一張照片呈現出一片蔚藍海面，到了第二張照片則布滿小小的暗沉斑點，分布在船頭周圍。第三張照片，水裡的黑點點數量增加了兩、三倍，甲板上只剩下兩個白人，甲板塗著島上特有的那種桃紅色，提洛紅，因為島上所有船全塗了這種顏色，所以這顏色成了這座島的一種標章，一種識別方式，也是一種驕傲；那兩名白人男子手中各自端著某樣東西，可能是步槍、棍子或是魚叉的一部分。最後一張照片，活兒幹完了，船上所有人全清得一乾二淨，照片上只看得見船尾，船身其餘部分都出鏡了。藍色海水中的黑點仍然很多，有些點點朝著那條駛遠的船隻高舉手臂。照片上看得到這些高舉的手臂，這些手臂衝著現在正在看這個影像的人高高舉起，而他，正看著這張照片的醫生，認出了那是誰的船，也猜到船上那兩名白人男子是島上漁民。

探長又斟滿杯子，朝醫生推了過去。

「我覺得你比我更需要。你臉色蒼白。不到十分鐘前，你這些書，你是怎麼跟我說的來著？你說它們教會你理解這個世界、人生和人？嗯，這個嘛……你沒看對書，而且，儘管年紀已經一大把，你該學的還多著呢。」

醫生喝下那杯酒。酒精像把烈火，充斥在他的喉嚨。他把照片推回去，彷彿離它們遠遠的，照片顯示的一切就會消失。他頭暈目眩。探長把照片收回手提箱。

「漁民還真是有意思，你應該同意吧？竟然把捕到的漁獲扔進水裡，完全不後悔。這一切是為了什麼呢？他們八成是把某艘小艇錯認成是海巡隊的巡邏艇，殊不知那艘小艇其實只是在走私香菸罷了，我對這些勾當清楚得很，而且那艘小艇為了嚇跑他們，還故意追了他們一下呢。」

探長使勁吸了口雪茄，出神地望著餘燼和自己徐徐吐出的煙。

「真糟糕！一個誤解害死了這麼多人，只不過是偷運一點私菸嘛！」

他站了起來。

「我先告辭了。我還得打包行李。使命達成，我明天離開。你們這些狗屁倒灶的事，已經與我無關囉。我覺得在島上好像已經待了一千年。這裡啥都沒發生。時間過得比什麼都慢。從現在開始，你們就自個兒收拾爛攤子吧。你們可有得忙了。自己做事自己擔。我想，找出船上那兩個傻瓜是誰，對你們來說應該輕而易舉。這再也不關我的事。可是別逼我回來，別逼我或是我的同儕回來。咱們耐心有限。直到最近，全世界都不知道有你們的存在，你們就再恢復原來那樣吧。」

探長屬於那種沒人會注意的人，那種不會在生命中留下深刻印記的過客。他走後，他未必真的存在過的這一點，還會更加強化。

禮拜二早上，有人看到他去搭渡輪。從咖啡廳老闆起，有好幾個人都發誓親眼看到他上了渡輪。船長倒也沒說沒有，他沒反駁，雖然他不像那幾個人那麼肯定，因為開船時剛好有個引擎漏油，他在處理，所以才對探長登上渡輪這件事有所保留。

相反的，毫無疑問的是，探長並未登上大陸。他就像他的雪茄菸一樣，半途蒸發。無論他是憑空飛逝，還是被扔下渡輪，或是被他那些如此重視低調隱密的雇主們（他強調這點強調得夠多了）把他給做了，說到底，這一點都不重要。對島上居民來說，探長的存在只持續了幾天。在那幾天之前，他不存在；在那幾天之後，他不再存在。

探長的短暫存在與那三具被打上岸的屍體的短暫存在不謀而合。諷刺的是，對後者而言，正是他們死亡的那一刻，他們才開始存在，乃至於雖然時時刻刻不停流逝，但他們依然、而且永遠都那麼恐怖，永遠都是提出控訴的原告。

XXVI

市長站在醫生面前。兩個人都沉默不語。兩個人都站著。醫生沒在笑了。市長很少看到他這樣，沒有笑容，鬍鬚沒有染上荒謬的顏色，沒穿上他那套既優雅又骯髒的亞麻套裝。現在是禮拜二早上。七點不到。醫生穿著走樣的長褲和舊毛衣，綠色睡衣從腳踝和袖口露了出來。市長裹著灰色晨袍。像他的頭髮一樣灰。像他的皮膚一樣灰。像他的眼睛一樣灰。

兩尊雕像並列在市長家中的美廳裡，即便兩人相距甚近，兩人之間茫然的虛空感卻是無邊無際。

「甲板上那兩個傢伙被認出來了嗎？」

「沒有。」

「你確定？」

「確定。」

「那個人渣一定還有其他照片。足以認出那兩個人的照片。」

「一定有。」

「那他為什麼不拿出來？」

「為了讓每個人都脫不了嫌疑。無一倖免。任何人都有可能是這兩個人。可能是你。你的鄰居。這裡的每個人。我，為什麼不行呢？這就是他要的。害我們的日子過不下去。搞砸我們的生活。你看著我，我看著你，心中兀自納悶究竟是誰幹的。」

「混蛋！」

「別搞錯誰才是混蛋。」

「我們該怎麼辦？」

醫生先想了一下才回答。而他的回答是我們可在書裡找到的那種，太咬文嚼字，太觸動人心又無比中肯。在這個不愉快的早晨，料他掰不出來，八成是昨晚夜不成眠，徹夜都在精心炮製這個句子。

「我們這輩子全都得帶著這種嫌疑活下去，至死方休。」

市長權衡了一下醫生說這句話的意思，隨後兩眼低垂，望著地板，細聲細氣，又開了口。

「我說你啊，你知道我這個人，你知道我做不出這種可怕的事。把那些不幸的人扔進海裡！」

「我知道你這個人。」醫生回道，這句話帶有正反兩面意義，但市長希望能免除自己的嫌疑，所以只管一味將醫生說的話轉向對自己有利的方向。醫生繼續說道：

「那你對男老師做的事，又該怎麼說？」

昨天夜裡，布勞再度喚醒大家的記憶。他隆隆地低沉嗥叫許久，轟隆聲不怎麼驚人，幾乎稱得上歡快，就像拿著按摩器按摩腳掌或腰部，疼痛因而得到舒緩時發出的聲音。

這個令人震驚的早晨，市長和醫生就這麼一直保持沉默，布勞卻又開始發作，但這次帶著不耐煩。類似短促的吠聲，牆壁和家具為之震動，門嘎吱作響，震下市長家中碗櫃的三只盤子。盤子落地，碎了，就掉在穿著相同拖鞋的這兩個男人的腳中間。他們倆看著散了一地的釉陶碎片，尖銳的邊角和倏忽顯露在天光下、泛著磷光的白色切面。兩人四目相視，都在自問，他們之間剛剛是否也有東西破碎了，無可挽回。

全島還在談論男老師和他那可預見的命運。有人點燃了一根不容易熄滅的燈芯。幾十個男女還睡在廣場上，臨時獄卒，自以為囚犯屬於他們，自詡為法官，因為男老師關在地窖裡，所以他們不停衝著地窖氣窗對他破口大罵。

「你可以再看一下小女孩的檢查報告嗎？」

「我寫的都是真的。她很久前就不是處女了。」

「這我跟你知道的一樣清楚。但我也知道男老師跟她已非處女無關。」

「你答應那小女孩什麼條件？」

「沒什麼。她討厭男老師。他代表了她在家裡沒有的一切，溫柔，親情，善意。她希望自己是他的女兒，偏偏卻是毛皮的。人生是張彩票，得碰運氣，這點大家都知道。但這就足以讓人想做壞事了。有的人很早就學壞。童年不見得總是萬紫千紅的花園。」

「現在由你去說服她說實話。今天這局面是你自己一人造成的。」

「我是為了大家才這麼做。」

「又沒人要你這麼做，要是你這麼想會好過一點，那就這麼想吧。反正，不論你做什麼，不論你說什麼，咱們這兒總歸有人相信男老師有罪。他非走不可。而且還得盡快。島上再也容不下他了。這就是你要的，可不是嗎？」

「這座島一向容不了他，畢竟光容納我們都快不夠了。」

市長蹲下來，一一拾起盤子碎片。

「你打算把這些黏回去？」

「你怎麼說得出這麼蠢的話？」

得去探視男老師，放了他。醫生同意陪市長走一趟。兩人約好梳洗更衣之後再去，市長趁著這段短短的時間去了毛皮家和小女孩談談，隨後跟醫生在市政廳對面的教堂前會合。儘管太陽才露面幾個小時，資歷尚淺，熱度卻已相當猛烈。天空不見了，消失於高高在上的平滑雲層塗抹出來的勻稱鉛灰色中，雖然看不太出來太陽有這麼烈，但大地已被照得發熱。汽笛聲傳來，渡輪駛離碼頭，上頭載著一去不回的探長。

駐紮在廣場上的那些人一看到市長和醫生就上前靠去。夜晚和仇恨以皺巴巴舊報紙的樣式重創了他們的臉。男人臉頰的肌膚因為黑魆魆的毛鬚變得髒兮兮，女人的則沾染上洗碗水的顏色，當中那兩只紅眼睛和乾嘴唇勾勒出一幅幅抽象的肖像。感覺得出來，這些男女全因為同樣的狂熱而亢奮，他們覬覦死亡，這種狂熱，往昔無疑曾挑起群眾對人頭落地、鮮血噴濺的亢奮感，因為斷頭台驟然將一種殘酷的意義賦予了他們的生命，賜予他們愉悅地大口暢飲著這杯權力美酒。

市長的話並沒能讓群眾平靜下來，這不啻為短短幾個小時後，就要剝奪掉已成他們存在的理由。從他們那兒搶走。掏光他們的口袋。小女孩的話遭到誤解、醫生再也什麼都不確定、探長親自證明被告無罪，知道這些，對他們而言有什麼重要呢？

某些詞語建構起的高牆是其他詞語永遠推不倒的。市長叫他們回家。但在家裡，除了日常生活之外什麼都沒有，無聊得要命，一再重複，全是些已知又單調的東西，只會原地打轉，只會讓人噁心。在廣場上則不然，大家突然感覺凡事大不同。要從夢中重回現實很難。

一進市政廳，市長就謹慎地將大門再度鎖上。他慢慢爬上大樓梯，進了辦公室，煮著咖啡。醫生看著他。沒人說話。兩人的思緒都被探長散布在這裡的那些衛星照片影像所占據。隨後，兩人下去地窖，還是什麼都沒說。市長一手端著咖啡，一手拿著一串鑰匙。醫生正惡狠狠地對待他今天的第一支雪茄，雪茄還沒點燃。他沒能再將他那眾所周知的笑容放回他那張大圓臉上，就跟他也放棄了將鬍髭染色一樣。弔詭的是，他這樣看起來反而比較年輕，也比較脆弱。

市長敲敲地窖的門，這並不是為了等男老師許可才進去，而是預告他們來了，或許是為了讓他有時間整理一下服裝儀容吧。市長插進鑰匙，開鎖。推開門，正準備打招呼，但這句話永遠留在他嘴裡……男老師倒在那張臨時急就章鋪成的床下，雙眼緊閉，臉上微微泛青。

死得不能再死。

XXVII

何謂羞恥心？羞恥心又有多深？人之所以為人，是否就是因為人有羞恥心？抑或是，羞恥心僅僅強調了人和人性已漸行漸遠，回不了頭？

他們殺了男老師。不得不這麼說。當然，他們沒有親手殺了他，但如同拿石頭一塊一塊砌牆那樣，他們一手造就了他的死亡。因為他們每個人都帶來自己的那塊石頭，要不就是備好砂漿，推著推車，拎著水桶，拿著抹泥刀，稍微倒點沙子到太稀的水泥裡。

男老師的死是一件集體創作。

師母是對的，歷經那晚悲傷驚愕的隔天夜裡，她用雙拳敲著每一扇門，不是為了要屋裡的人為她開門，而是為了表明這扇始終緊閉的門後，藏匿著一個有罪的人。她在每扇門上吐痰，一扇都沒落掉，她在全市每條大街小巷，無不發出母狼般的嚎叫，將自己的憤怒訴諸於一種不是詞語、而是嘶吼組成的語言當中。她的兩個小女兒跟著她，無聲無息，面色白皙、平靜，手牽著手，宛若悲痛護衛隊。

在她的拍打下，唯有一扇門開了。老女人的那扇。和男老師的太太面對面，老女人什麼都沒說，對方看著老女人，盯著她的眼睛，也什麼都沒說，那女人朝她臉上吐痰，老女人還是什麼話都沒對她說，那女人搧她巴掌，五巴掌，巴掌跟拳頭一樣重，打得老女人搖搖晃晃，但沒把她打倒。於是老女人就這麼站著，臉上、額頭上帶著痰印，太陽穴和兩頰上還有掌痕，紅紅的，外加一眼眼皮腫脹、泛紫，此時，那女人和那兩個女孩又繼續她們那血海深仇的行進，像杯苦澀的牛奶，遭到夜色吞噬。

老女人莫非是為了贖罪才開門？一肩扛起全島的罪？以幫全島男女一次結清這筆帳。為了大家，她任憑自己忍受那母女三人的憤怒與毆打。代替大家。代表大家。殊不知老女人除了自己，或許誰都不關心，她的行為不帶絲毫高尚色彩；還有，她之所以開門，是為了表明她還活得好好的，她，而且就在那兒，站得直挺挺的，沒什麼好怪罪她的，為了表明她行得端坐得正，男老師他太太吵吵鬧鬧，傷害不了她，妨礙不了她過日子。

醫生衝到屍體旁，唯一能確認的是男老師又冷又硬，死了好幾個鐘頭。一頭捲髮在臉色襯托下顯得益發金黃，他的臉色並不蒼白，而是略微發青，臉上到處都有紫紺斑紋，於是醫生明白了，這個不幸的人死於窒息。

該為此負責的元凶就杵在遺體旁，一個碩大的平行六面體，金屬盔甲裹身，不可一世，火花四濺的咽喉上方有張血盆大口，將自己呼出的一氧化碳氣息，既無色又無味，散播到封閉地窖的狹小空間裡。

市長也明白了，衝向氣窗，看到氣窗被大毯子和塑膠袋堵得死死的。男老師這麼做很可能是為了不想再聽到外面的人靠過來罵他的聲音，宛若近在耳邊。他絕非白痴，他知道地窖裡有鍋爐，也知道瓦斯的危險性。但，要是說他故意這麼做，選擇以這種方式結束生命，實在很難令人相信。他很虛弱。他筋疲力盡。他神智不清，處於他這種狀況，誰的神智又清得了呢？他不想死。他沒想到把氣窗堵住的後果有多嚴重。

醫生把門打開。鍋爐散發的毒氣立即散去。市長盯著屍體，不敢置信，慌了。毫無疑問，他心想，死去的男老師比他活著時還更棘手。搞了半天，男老師贏了，因為無論大家說什麼，死者總是對的。

市長差祕書去找神父，祕書來了，脂粉甚厚，香氣甚濃，一副要去跑趴的模樣，不過市長因為需要神父，所以沒說什麼。神父馬上就到了。怪的是，沒半隻蜜蜂伴隨著他。他看起來並不驚訝，但傷心欲絕。遺體已被搬到床上，於是神父在床前弔唁。他沒唸禱詞，沒劃十字，沒向男老師的遺體灑聖水。經過一段漫長又沉重的時間，他轉向醫生和市長：

「你們現在感覺到他了嗎？」

「誰啊？」市長問道。

「他，」神父指著死者說道，「你的新房客。他在這裡，」食指邊輕拍腦袋邊說。「在你們每個人的腦袋裡。他剛在那邊長治久安，再也不動。從今以後，你們留他在那邊住下，直到這輩子結束。日以繼夜。他一點都不吵，卻永遠驅趕不走。你們只能自求多福了。加油吧。」

他拿教士長袍擦了擦厚厚的鏡片，大半夜的，把市長和醫生兩個人撂在那兒呆呆站著，反覆思索這幾句饒富哲思的話，然後就跑去通知還不知道自己已成孤兒寡婦的那娘仨兒。

XXVIII

有一部俄羅斯小說，寫的是一座城市，全體居民棄城而去。市民逃離家園的原因不得而知。因為戰爭？疾病？還是核事件？作者並未揭開謎底。讀者什麼都不知道。讀者永遠不會知道。時代背景也沒明說。這座城市完好無損卻空無一人。家家戶戶的門都沒關，誰都進得去。

隨著冗長並且可能令讀者感覺形同嚼蠟的敘述中，作者帶領讀者參觀該市。蓬勃生氣從城中撤離，猶如被激浪帶走的波濤。許多家戶裡，廚房或飯廳裡的餐桌擺好了。麵包準備好了。水在壺裡。菜在燉鍋裡，燉鍋放在已經熄了的爐火上。

食物沒有餿掉，彷彿市民是前一分鐘才跑掉的。

不時可見翻倒的椅子，打開的櫃子，兩者皆證明居民是倉促離開。

這部小說的第一部分就這麼進行著，帶領讀者進入許多街道，走進許多戶人家。怪異的氛圍瀰漫該市，猶如夢中盛行的那種，稀奇古怪的夢，搞不清這個夢是愉快的還是不愉快的。

讀者突然發現自己都快睡著了，但還是隨著這一百來頁繼續參觀，直到應作者邀請，倏忽穿進一棟大樓的狹長通道，這才發現一名男子正忙著試圖打開信箱，令讀者震驚無比。在此之前，這一切都是背景，都是些無活動力的惰性東西，這會兒突然出現一個男人。一個男人，忙著拿信，忙著從事一件如此普通的工作。

可是這名男子打不開信箱門。他沒有鑰匙。讀者心想他可能開錯了信箱，可是就算打不開，他還是堅持非開不可。最後他終於累了，走上樓梯，進了第一間公寓，到處轉了轉。然後又進了第二間，依此類推。

讀者突然想知道他是誰？他又能做出什麼事？他不是小偷，雖然他東摸西摸，摸的都是些小東西，沙發布，拿起相框，看照片看得出神，但他什麼都沒偷。他的臉上不帶任何表情。

他出了那棟大樓，走進一間小屋，發現另一個男人。或者更確切地說，讀者發現了這第二個男人，因為第一個男人似乎沒看到他，而第二個也沒看到第一個。他們擦肩而過，卻沒看到彼此。

小說繼續進行，女人、兒童、老人、其他男人出現了。這群人充斥整座城市，這群新的、無聲的、沉默的人，他們的特點是由一群彼此完全無視對方的人組成，彼此看不到彼此。只有讀者才看得到他們。

於是讀者明白了。或者說，作者讓讀者明白了。作者讓讀者明白了這些全是死人。沒有一個看得見。這座城市儼然已成為亡者之城。讀者不知道城中某處是否還有活人存在，但無論如何，這座城市再也不適合活人，只屬於亡者。亡者選擇到此，就算不住在這兒，最起碼也經常過來。所以說這是一座可怕的城市。一座不適合生活的城市。讀者感到害怕，闔上了這本書。

男老師去世的隔天晚上，這座小城空了。他的死帶走了居民。四散奔離。無影無蹤。消散進了自家屋舍的厚牆裡。一扇扇緊閉的門被那個寡婦的拳頭……被她的拳頭與哀嚎……擊碎了。

而如今，這座島成了俄羅斯小說裡的那座城市。在布勞白熾嘔吐物覆蓋之下的大地已死，唯有容納船隻殘骸的水域如今已死。時間已死，不再帶來任何喜悅或希望。自此唯有亡者輕鬆自在地走著，走在街頭，走進屋裡，走到廣場上，走向港口。男老師、三個淹死的黑人青年、他們的同伴，成千上萬，數也數不完，遭浪濤吞噬或被推下船的這些人。這座城市對他們所有人來說太小了。這座島太小了。他們走在街上，濕淋淋的，無聲無息，既不恨也不怨。他們看不見島上的其他人，但島上的其他人看得見他們。他們提醒著島民他們是誰，而他們正是島民不想成為的那種人。

渡輪載著男老師的棺材和他太太及兩個女兒。渡輪沒有鳴笛。男老師他太太和雙胞胎女兒站在棺木兩側，凝視著港口，凝視著那座城市，那座火山，那座島嶼。以她們石化般的眼睛定定望著這一切。家家戶戶的門依然關著。居民依然不見蹤影。隱形。只有神父陪她們到港口。他留在那兒，目送輪渡消失，渡輪悄悄駛離，船尾載著那個寡婦和那兩個女孩、棺材，而在棺材裡躺著一個男人的遺體，說起這個男人，為了配得上被稱為人，他曾經試圖一搏。

大家花了好幾天才能重新偽裝。試圖恢復事情的慣常進程。每個人又擺出自己很在行的那套舉止。大家講些不著邊際的話。即使大家一直想個不停，即使神父曾經對市長和醫生說過的那番話準得可怕，然而，再也無人提起男老師。

在市長和醫生之間，那條船和被衛星拍到的船上不祥乘客，也以同樣的方式，不再造成問題。兩人彼此心照不宣，決定什麼都不說，也別知道更多。別想認出照片上是哪條船，也別找出那兩個男人是誰。只有神父知道，不過神父必須堅守告解祕密。儘管有太多事神父再也不相信，搞不好他連天主都不信，但他仍遵守沉默誓言，沒向任何人說出市長曾向他吐露過這件事。

因為是他，市長，他那獨斷獨行的壓制行徑，使得他常覺得自己有向神父排空靈魂髒污的需要，這並非為了透過神父得到寬恕，而是因為一個頭腦簡單的人永遠無法完全守住從腦中溢出、分泌出的惡，經常的釋放能讓他舒緩一陣子，讓他受得了自己，也受得了這世界。

因為他得活下去。在活著的同時，他心知肚明，知道黑奴販子、買賣人體的生意人、偷渡夢想的人蛇、竊取希望的小偷、殺人兇手也活在他們這個社群裡。有人覺得自己遭到追捕，毫不遲疑就跳進犬之唾液的水域，數十個同類就這麼全數淹死。而這些人就在這兒，如此之近，這些殺了其他人的人。

XXIX

渡輪載走男老師的遺體、他的遺孀和雙胞胎女兒的十天之後，二頭肌慢吞吞邁著步子，走向防波堤盡頭的長凳——那條鮪魚祭長凳。

二頭肌是全島最年長的漁民。他說自己超過百歲，稍微虛報了點，不過應該八九不離十。島上居民稱他二頭肌，因為他年輕時肌肉發達得不得了，誰想看，他就秀給誰看。記得這件事的人都已不在人世，二頭肌如今只是一把脆弱骨頭、些許乾扁筋肉和一大堆皺巴巴皮膚的皮包骨組合。他真正的腿，其實是以自家葡萄園裡的藤蔓製成的一根藤杖權充的。他幾乎目不視物，有氣無力地緩步前進，不過腦袋還挺靈光的。

他坐在長凳上等著。片刻之後，另外三個完全不需說清楚他們姓啥叫誰的老漁民：珍珠、午睡、乾杯也來了，這三位才九十出頭，走路走得比二頭肌好一點。人到齊，密談可以開始了。

談了差不多一個小時。密談期間，四位耆老面對大海，試著讀它、猜它、弄懂它，從南方回流的大批鮪魚群有沒有來到大海最深處，來到這座島的範圍內，來到漁船和漁網可及的範圍內。

他們每年同樣都會做出預測。

終於，大家看到他們站了起來，走回港口，二頭肌打頭陣，滑過鋪石路面，因為他不是用走的，而是以耶誕節送給小孩的機器人的那種方式在行進——充了電的機器人一開始能動上一陣子，隨後就動作遲緩。基於尊敬，另外三名老者不敢超過他。差不多十分鐘後，四人光著頭，水手帽拿在手上，終於抵達港口，漁民在那兒靜靜等候。

二頭肌緩過氣來，派上開祭用語，聲音鏗鏘有力，令人不禁懷疑如此孱弱的身軀怎麼發得出這種聲音：

「鮪魚祭的時刻到來。各位漁民，上船吧，而你們，母親、妻子、孩子，為他們祈禱吧！」

他說這句話時通常都有歡呼和樂聲相伴。眾人歡欣鼓舞，開瓶慶祝，演奏音樂，舉杯同歡。凡此種種，那一年全沒發生。大家靜靜收下這句話，靜到二頭肌還以為沒人聽到。於是他又說了一遍。但又是一片靜默。漁民紛紛戴上帽子，隨後散去，往漁船走去，檢查裝備是否齊全，而後返家和家人團聚吃最後一餐。人人早早上床。隔天，所有人都要在拂曉前出海。

很多人都聽過鮪魚祭，但未必記得住這名稱。很多人甚至還看過鮪魚祭的畫面，其中就包括一些最知名的，諸如從畫面上看到漁船圍成一圈，將成千上萬條瘋狂的鮪魚圍在中心，漁民拿著魚叉刺啊，拿著撓鉤鉤啊，再把鮪魚吊上船，在此同時，大海染上鮪魚鮮血的顏色，驀然成了一片濃艷的鮮紅，順著漁民光裸的大腿、赤膊，一路往上染，直到漁民的臉龐。

鮪魚祭激起漁民狩獵的樂趣更勝過捕魚之樂。至於鮪魚祭的起源，則佚失在時間與傳說的蒙昧之中。世上慣於追捕野生水禽的民族在洪荒初始之際就開始這麼捕獵了，而因為種種風險、戰爭，要不就是因為饑荒，將先民推向大海，於是他們在海上、在海裡，試圖將追捕與狩獵永遠延續下去。

如此特殊的捕魚方式，除了此地，全世界絕無僅有。漁船排成一種隊形，就是將大型獵物趕出叢林時的那種，我們能想像這種隊形曾用於狩獵馴鹿、原牛、野牛。每條船上，男人透過*kaffin*這種形似木管的東西大聲叫嚣，*kaffin*的另一頭則插進浪中。除此之外，男人還用魚叉柄拍打船體，目的在於利用喧囂的迴聲嚇唬鮪魚群，將牠們推向事先劃定的區域，然後所有漁船朝該區聚集，船隻後頭還拖著大大的漁網。

一出海可能需要幾天時間。於是大家都說人類在跟大海搏鬥。此外，經驗最豐富的漁民還能感覺到臣服於這種喧鬧聲的大海做出的種種反應。根據猜測，他們說大海被激怒了，大海準備挨打，大海嚇得發抖，大海躲躲藏藏，大海暴跳如雷，大海花樣百出，要不就是大海痛苦不已，但他們尤其要猜測的是一種魚的活動，一種像砲彈般亂蹦亂跳的魚——紅肉鮪魚。

鮪魚，這個象徵，這個帝王。小孩子一拿起鉛筆想畫魚是什麼樣子，這種重要的魚便會躍然紙上。誠如完美的姿態那般，孩子的畫作純淨、完美、無瑕，肯定而確切的線條標誌著這孩子多有天分。

鮪魚皮沒有鱗片，有如飛機機身般光滑；橫切片有如樹輪；帶有人性的眼睛正在評斷你；牠肉質緊實，令人想起戰士的肌肉。受了傷的鮪魚值得尊敬，因為鮪魚死得很慢。當我們察覺成千上百條鮪魚在水流中掠過，悠遊在半透明的海底深處之際，殊不知太陽正試圖盡可能翻遍大海肚腹，將陽光射得越深越好，結果卻撞上鮪魚錫灰色的魚背。長嘴硬鱗魚、劍魚、梭魚像玩樂器那樣玩著光線，可說是水生管風琴，而我們有時還聽得到那遙遠的樂音；鮪魚和這些魚群相反，牠吸取陽光，但永不回報。鮪魚沖破大海深處，宛如犁鏵之於大地。在遠離一切的地方，一尊尊隱形大砲將牠發射出來，鮪魚那完美的彈道，無聲無息，將大海劃得一道又一道。

島民對鮪魚的崇拜和鮪魚的盛大死亡，鮪魚祭同時為這兩者畫下印記。漁船歷經幾天幾夜，終於將龐大的魚群趕到前面，趕到漁船集合起來圍出的競技場內，上演最後一幕。

受困的大魚撞來撞去，躍出水面，整個身軀拋向空中，使得自己有了一種會飛的幻覺。漁民在船上發射魚叉，深深刺進結實的魚身，有時卻也滑過光亮的硬皮，沒刺到牠們。有如早期人類畫在穴壁上的那種原始場景。

透過一種習俗，更是進一步加強了與這種古老狩獵鮪魚行動的雷同性。根據這種習俗，漁船最終圍成一圈時，漁民只穿著鬆垮垮的 *runello*。與其說 *runello* 是白色棉質短襯褲，不如說那是纏腰布，因為漁民會先將只由一條長布帶組成的 *runello* 在腰際繞上好幾圈，再穿過襠部。隨著鮪魚被魚叉刺中，拖上漁船，隨著鮪魚鮮血四濺，漁民全身和那一大圈海水也隨之染紅，驅走了白浪和藍水。

這些大魚掀起驚濤駭浪，怪異的是，牠們竟想不到只需潛入深海便能得救。鮪魚臨死前的海水翻騰，就像是海底深淵進料補給的龐然大火所惹起，緊接而來的狂暴酣醉則來自於血和死。漁民殺紅了眼，一連好幾個小時，機械式地重複動作殺殺殺，因為自己發出鼓勵自己的吼叫聲而飄飄然，因為魚鰭拍打的喧鬧聲而暈陶陶，喧鬧聲進入腦中，打斷了一切思緒、意識、感覺。

於是這些動物死了，一條接一條，魚身又大又重，只有魚尾還在動，未受到損傷的瞳孔對上漁民的眼睛，只不過鮪魚的瞳孔再也看不見，漁民解脫了牠們，費力地哎喔哎喔將百餘公斤重的魚屍高高吊起，就像森林滅絕後成千上萬株、汁液還熱騰騰的帶樹皮原木那樣被堆在船上。

除了船體，再也沒有任何東西在動，無動於衷的湧浪恢復溫柔的節拍，一切悄然無聲，此時，筋疲力竭，渾身又是血、又是汗的漁民歡欣鼓舞，大叫出聲，直衝天際。於是大家開始計算漁獲，收穫最豐的漁船成了旗艦，一船當先，領著漁船大隊回島，並在待在陸地上男女老幼的掌聲中，率先駛進港口。

昔日得等到宣布這條漁船的船長是鮪魚祭天王之後，儀典才告結束。雖說是王，但他未能得享加冕榮耀，而是榮獲一次洗禮，潛入血海戰場，沉入又紅又黏的海水裡，游了許久之後，再從歡呼聲中赫然躍出，此時，鮪魚祭天王猝然成了皮膚一身血紅、頭髮有血塊凝結的野蠻生物，而因為他那雙疲憊無比的雙眼圓睜、他那對乳白色的眼白和他那口潔白的牙齒，所以全身上下，只看得出他的那張臉。

根據傳統，鮪魚祭天王必須站在船頭，整個人被自己那崇高的勝利之血玷污，但他洗都不洗，就這麼進港，其他漁民也留著自己大腿和胳臂上的人魚大戰傷痕，證明自己何其英勇。

對於那些親眼見識過漁民勝利歸來的人來說，腦海中鏤刻著這些出自遠古史詩的影像，於是人類有了一種感覺，舒暢快意、不可一世，原始的力量、生命的威力、死亡的莊嚴，人類占據了世界這個大舞台中心的那一點點位置，有時這個大舞台還俯允人類打開帷幕。

但悲傷的那一年，沒有人是鮪魚祭天王。

沒有任何人稱王，因為沒有任何勝利。

甚至連戰鬥都沒有。

XXX

離港十天，漁船返航，貨艙跟出發時一樣空。漁民身上沒染到絲毫血漬，臉上倒是全都帶著既驚愕又沉重的印記。壯碩肥美的鮪魚不斷躲過他們的追捕。這趟出海期間，從沒聽到魚群的騷動聲，也沒瞥見魚身的暗灰微光。

漁民下了船，一言不發，從無法置信的人群中開出通道，夾道群眾頓時一片沉寂。他們羞愧得無地自容，回到家中，躲在屋裡。布勞咆哮了幾聲，藉此強調自己深感屈辱。

就島民記憶所及，這是破天荒頭一回。

大家三言兩語，立即提到詛咒。一旦不瞭解某些事實，很容易訴諸怪力亂神和超自然現象。島上悄悄流傳，男老師的兩個女兒有著女巫的眼睛，她們詛咒這座島，而就在配偶過世的隔天夜裡，那個寡婦的嚎叫，挨家挨戶都被她施以復仇的魔法，那同樣是邪惡的妖術。島民說寡婦和兩個女兒搭著渡輪離開這座島時（渡輪上還載著裝有亡者遺體的白楊木棺材），母女三人把海裡所有的魚全吸了過去，魅惑魚群，將魚群羅織進她們那張無形的網中，朝別的島嶼、別的漁民、別的漁船駛去。

一派胡言。

不過事實卻是漁船的確空船而返。市長要手下好好解釋這次如同災難的行動，折磨他們，痛罵他們，當他們是廢物，身子歪在海事圖上，著實看了又看，跟二頭肌和另外幾位耆老長談好幾個小時，查閱之前的記錄，聚集全體漁民，依然無計可施。人哪，要不就是過於天真，要不就是自大傲慢，自以為凡神祕必有得解，自以為所有問題都能解決。

醫生鼻子上的手帕再也拿不下來。惡臭已然加劇。不僅是氣味，還變成味道。他老覺得自己在吸它、在嚼它。然而這種腐屍和野味儲藏過久變質的氣味，其他人卻完全沒聞到。老女人經過他身邊時聳著肩，不以為然。醫生想跟市長說說這些事時，市長則用食指抵住太陽穴，表示他腦子有問題。於是，醫生很少出門了。

他睡著的時候，那三個溺水的年輕人前來拜訪，緊貼著他，要不就是站在房間最裡面。水從褲腿流出，地板被弄濕一大灘。越來越大灘。水沿著牆壁往上升，入侵整個房間，直到天花板。他被水淹死但沒真的死。他在漂浮，被那幾個黑人青年帶進水流深處，跟男老師會合，男老師的金髮像海綿。男老師朝他苦笑，就像發現黑人屍體隔天，他們在市政廳召開祕密會議的那天那樣。密會前，醫生在街上遇見男老師。那時是早上。男老師剛跑步回來。他停下來，有點喘，開口說：

「昨晚你一點都沒幫我。」

醫生聳聳肩，不置可否。

「你明明是個聰明人。我指望你。而且我確定你是個好人。」

「我尤其是個懦夫，」他回男老師。

「懦夫？」想得正出神的男老師續道。

「你這幾乎都在強調我真是個懦夫了，不是嗎？」醫生最後以此總結。

在他的夜裡，他持續朝外海航行。漂流在其他溺水者中間，漂流在目帶嘲諷的鮪魚中間。這些最後全被漁船團團圍在中心，進了一張張黑色大網。漁民用魚叉戳刺他們。他感覺到魚叉的尖刺深入側腰，從這邊刺穿到另一側，魚叉在脊椎上亂戳亂跳，骨頭碎了，臟器爆了。他卻一點也不痛。然後他被高高吊起。

他想到亞瑟．蘭波生前寫的最後一句話，這時他醒了過來，他床邊始終擱著一冊這位十九世紀法國詩人的作品。當時蘭波被截肢，斷了一條腿，正躺在離馬賽港不遠處的醫院病房裡奄奄一息，他寫了一封短信給船長，表示仍希望登船返回阿比西尼亞。信末以這句話終結：

「告訴我，幾點才把我運上船？」

每個人總有一天會問這個問題，然而每個人都假裝繼續。

雖然醫生和市長還在為溫泉水療中心做最後準備，不過心已經不在這上面。雖然沒承認，但他們心知肚明這個計畫永遠見不了天日了。他們並未屈服去相信席捲全島的詛咒一說，但兩人都有預感，島上，這座島和它的海岸，充斥著太多屍體。這些亡者的存在對生者造成沉重負擔……亡者並未奪去生者活下去的興味，而是奪走了生者之於生命的熱愛，奪走生者對生命抱持的希望。這一切就像衣服上那點污斑；我們喜歡穿的那件。

他們待在一起的時間很長，但他們之間和他們的世界裡，有些東西卻已破碎。島民越來越常聽到布勞的咆哮。幾乎每天在腳底和屋裡都感受得到布勞氣得發抖，和他那頭老獸般的怒吼。

天空在生島民的悶氣。太陽也不再現身。熱氣依然令人窒息，不見好轉，使得島民像襯衣那般，濕得都能絞出水來，覺得自己進入一個永無止盡的季節，灼人又幽冥。這座島還不全然是座亡者之島，但已是瀕亡者之島。

那個秋天，曬乾的葡萄成了灰濛濛的漿果，一擠就冒出帶著木頭燒焦味的黑色汁液。這些葡萄釀出的酒淡而無味。

耶誕節前，有一家人離島而去，鮪魚祭一無所獲，害得一家之主破產，於是這個自給自足的漁民帶著老婆孩子離開了。

亞美利加的葡萄樹每一株都被曬死，他去大陸找工作。據說他現在負責維護一座古老動物園的園中小徑。說不定正是探長兒時曾經去過的那一座。

某天早上，有人發現劍魚吊死在冷凍庫裡，就是當初市長存放那幾具淹死屍體的那座冷凍庫。他看起來好似一大塊鐘乳石，很像我們在北歐童話繪本裡所見、掛在小木屋屋頂下的那些，只是他比較像鐘乳石，透過厚厚的冰層，看見他雙眼圓睜，嘴巴微張，舌頭拉得好長。

他留下簡短數語解釋自己為何離去，還用魚鉤將紙條勾在粗布工作服上。可是有人退去凝結在他身邊的結冰時，墨水經過稀釋，他的遺言只留下前幾個字「我知道是誰」，就這樣。他知道。他知道是誰。誰什麼誰？知道又怎麼樣？知道是誰也沒能救他一命。

老女人，沒徵求任何人意見，又回去教課。從學校窗戶望進去，看見她如刀般削瘦的身形和白白的目光。女孩和男孩聽她上課，既膽戰心驚又渾身不對勁。她教他們一個失落的世界，他們一點兒都聽不懂。許多學生八成感到惋惜，思念著男老師，他的微笑和他那輕柔的嗓音，他傳遞給他們他所知的一切，在他們那年輕的記憶中重現。蜜拉可能也想著他。醫生有時在街上碰到她，她爸的假髮歪斜戴在頭上，還是醉醺醺的，他牽著她的手，不是牽女兒的那種牽法，而是像帶女人或獵物回家。醫生這時就掉過頭去，望向別處。

隨後，很快地，隨著絕大多數家庭紛紛離島，島上再也沒有小孩。於是也再也沒有學校。老女人和她的狗一道宅在家裡，這條狗變得如此老邁，乃至於只能到室外、到小院子裡稍微伸伸前腿，而這一人一狗就在那兒等著，沒人知道他們在等什麼。

碼頭上再也沒有漁船。犬列島水域確確實實成了一汪死水。彷彿這一帶的水有害健康，魚兒紛紛逃離。漁民不得不隨魚群流浪他鄉，流浪到遠方。遠離這座島。島上只剩最年邁的老人；他們這輩子已成定數。

布勞一連吐了兩天，熔岩形成的糊狀河流緩慢流淌，流經之地，農作物盡皆消弭，來年春天，布勞更將熔岩黏河直推到離他最近的幾棟屋舍門口，將大地覆以又厚又皺的肌膚，重塑當地景觀，昔日地文風貌消失殆盡。

隨後幾個禮拜，羅斯山崗原本逃脫了岩漿乾涸枯痕肆虐，未遭岩漿戕害的少數幾座葡萄園和果園，再也不見轉綠。布勞吮盡它們的汁，燒焦它們的根，毒死了它們。島上幾個世紀以來的輝煌與豐盈，如今唯有殘留那光禿山崗上排列成行的不結果葡萄植株，和那慘遭白蟻與荊棘吸乾抹盡的灰色樹墩，樹墩上連隻燕雀都不屑屈尊。高浪險濤，波波皺褶又黑又僵，將這座小城團團包圍，宛若另一片海，又死又硬，永世不孕。

繼蜜蜂之後，神父也蒙主寵召。蜜蜂缺乏花朵覓食，神父眼睜睜看著自己的蜂群日趨消亡。每天早上，他都在蜂巢附近發現死去的蜜蜂，於是將這些乾乾的身體和薄薄的翅膀塞滿教士袍的各個口袋。他哭著跑回教士住宅，把蜜蜂屍體放在廚房桌上，堆成淺棕色的一堆。神父生前最後幾天，就是在這座幾丁質金字塔*前度過，守著死去的蜜蜂，為救贖牠們的靈魂禱告，因為他又重新相信天主了。自從那些事件——他將那些事件理解成是上天對全體島民施以天譴的預兆——自從那些事件之後，他，多年來一直都是第一個樂於對天主的橄欖園存疑的他，又開始相信天主。

蜜蜂死去三日後，他將牠們鏟進火爐燒了。燒完後，他穿戴整齊，躺在床上。當天夜裡，他死了，雙手緊抓著念珠和放在肚子上的祈禱書，那副鏡片厚重的大眼鏡就掛在閉闔的眼睛上。在他依然還有一點相信的天堂裡，八成有一個地方轉作為女子跳高比賽專用，一座弧形體育場，他站在體育場旁的圓形階梯上，身邊有數隻蜜蜂相伴，永世欣賞著過早飛逝的年輕女子的纖細雙腿和款款腰支，只見她們以優雅性感之姿，一挺腰，力圖從死亡之上一躍而過，重返人世？有人把教堂關了。內有船體龍骨的教堂成了一艘怪異的方舟，不過從沒聽到裡面有動物叫聲，所以在這艘方舟裡，諾亞始終缺了動物。

然而，大洪水卻千真萬確地發生了。

＊ 幾丁質為昆蟲甲殼的重要成分，故形容蜜蜂堆成的屍體為「幾丁質金字塔」。

XXXI

好了。就快完了。我逐步靠近講述這個故事的深淵邊緣。故事即將完結。我要倒著爬回去，讓自己消失。

我要回到陰影中。

我將在那裡解體。

我把這些話留給你們。我帶走沉默。

我將消失。

我答應過你們我只是聲音。僅此而已。

剩下的全是你們人類的事，跟你們有關。

與我無關。

時間在島上就這麼過去，但什麼都沒解決。這座島扮演的不是這種角色。奧維德曾寫過「時間摧毀萬物」，但他錯了。摧毀萬物的只有人類自己，人類也摧毀人類，人類也摧毀人類的世界。時間目睹人類創造與毀滅，它無所謂，如同三月某夜從布勞火山口吐出的熔岩那般在流動，將這座島覆以黑色，驅走了最後的生物。

誠如往昔，先人胳臂佩帶黑紗用以哀悼，如今大地穿戴上死亡和喪葬的顏色。一戴便是數千年之久。不論用哪種方式，都得有懲罰。

醫生高燒不止，臥床數禮拜。然而他並未出現任何病徵。他有點譫妄，神智不清。戶外明明熱得很，他卻直打哆嗦。他服下百里香藥茶，將葡萄渣酒加熱，還加了糖，再一小杯一小杯喝下，用這些保養身子。他被催眠過，睡著後滿是幻象，要不就是漆黑得猶如宇宙空洞。他痊癒了。一切恢復正常。病癒後首度出門就去拜訪市長。某天早上。

醫生覺得市長變了，一下子就老了。面色變黃。白髮驅走了灰髮，彷彿白雪下在他頭上。市長向來不算粗壯，如今整個人簡直就是在長褲和襯衫裡蕩呀蕩。他賣了船，關了倉庫。他還是市長，可他是什麼的市長呢？

市長把咖啡倒進杯裡。醫生聽見市長太太在鄰室準備餐飯。他們將像往常一樣留他吃飯，但像往常一樣，他將婉拒，隨後拖著自己肥壯的身軀，一路拖回家，到家後才塞一點麵包、橄欖，還有孤寂。

「你知道我今天醒來時做了什麼夢嗎？」醫生為了打破寂靜，沒話找話說。

「我怎麼會知道？我又不在你腦子裡。」

「幸虧你不在。算你好運。」

「難道你比較想在我的腦子裡？」

市長回他嘴，卻面露哀傷。

醫生報之一笑，他也很哀傷。

「一場噩夢該有的，樣樣都不缺的夢，雖然充滿恐怖，卻不可怕。有人，我不知道是誰，在呼喚你和我，叫我們去沙灘，就像昔日那個不祥的早晨那樣。我們一起到了那邊，是你先過來接我，還是我先過去接你，我已經記不清楚了，這不重要。我們想用跑的，試著盡可能走得越快越好。我們喘不過氣，我雪茄抽得太凶，我太胖，我的腳好痛，而你，皮包骨，一點力氣都沒有。我們倆合組成了一對怪異的跑者。」

「天是灰色的。天空很低。披著雲層斗篷的布勞，看不見蹤影，大海看似正在發怒，煩躁的短波彼此互賞巴掌，還拍擊卵石。有好幾個大大的物體被海水打上岸，毫無生氣，被波浪打得搖搖晃晃，可能有四個、五個，還是六個，很難看出來。天空下著毛毛雨，看不清楚，何況還有來自火山的薄霧，那種霧氣聞起來帶著廚房和下水道的怪味。」

「我們無需交談，就知道對方在想什麼。我們倆心裡都在想，好了，這下可好，它又來了，所以說永遠沒完沒了。我們繼續往前走。我們逐步接近那些物體。我們看到我們並沒錯，唉，又是一些慘遭溺斃的黑人青年，看起來很像是最早淹死的那三個黑人的同胞，他們跟他們一樣年輕，跟他們一樣死了，跟他們一樣死得如此平靜。」

「我們把他們拖上岸。我們到底做了什麼，得到這種後果？或是我們沒做什麼？我們哭了起來。我從沒見過你哭。我也不記得我自己竟然會哭。等我們終於把他們攤平在卵石上後，我們望向大海，穿過我們的淚水望出去，看到其他屍體一波波浮現，而且其中有幾具已經被海水打到我們腳邊。於是我們又開始了，又把它們拖上沙灘，把它們擺在其他屍體旁邊。」

「大海還是不停將溺死者送過來。沒完沒了。我們疲憊不堪，淚流滿面，淚流不止。我們胳臂痛，背也疼，累得喘不過氣。沙灘上不是只有我們。我們沒注意到，全島居民三三兩兩都來了，而且每個人都在拖屍體，所有人都跟我們一樣在哭。時時刻刻，大海隨時都將十幾具屍首推到我們腳下，這些死者根本還是不准死的年齡，而且臉上都帶著同樣沉重的表情，深深刺穿我們的靈魂，要它還債。」

「一小時一小時就這麼過去。那既非早上，也不是晚上，再也沒有黑夜。只有大海不停朝我們全部，朝你和我，朝島上所有人，送來這些溺死的屍體，然後我們再把它們拖上沙灘，末了連一顆卵石都看不到了，沙灘成了一座廣袤的露天墳場，一間既熾熱又冰冷的停屍間*，還有我們這些其他人，這座島上的居民，這座島是整個犬列島中唯一一座有人居住的島嶼，住著一些悲慘、荒謬、老邁、自私、迷失，又滿臉是淚的人。」

市長沒有打斷醫生，一直聽他說完。醫生說完後，現場一片安靜。過了好久，市長把咖啡端到嘴邊，眉頭稍稍一皺，喝了下去，兩只眼睛始終沒從醫生身上移開。背後時鐘的吵雜聲似乎越來越響，害得他頭疼。他還是看著醫生，隨後突然輕輕搖起頭，彷彿面對著一個完全失去理智的人，為其感到遺憾而表示同情。

「我說我可憐的老傢伙啊，」醫生急著想聽市長怎麼回他，市長終於對著醫生低聲說道，「你為什麼說這是個夢呢？」

* 等待下葬的屍體會先停靈在停屍間以供至親好友瞻仰遺容，遺體周圍會點上許多蠟燭，故得其名。所以作者邊才會寫「熾熱（蠟燭）又冰冷（屍體）」。

譯後記

一個人人有理的世界

法國導演讓・雷諾瓦在《遊戲規則》*中有一句影史名言：「這個世界最可怕的，是每個人都有道理。」**這句話一語道破當今世界困境，也正可作為《犬列島》的最佳注解。可不是嗎？我們所處的世界，的確人人有理由，個個有道理。人人站在自己的立場思考，人人自掃門前雪，小至在家門的庇佑下，大至受到邊境或高牆保護，乃至於像犬那般有著大海作為天然屏障，島民關上家門，關閉邊境，設下高牆，偏安小島，與世隔絕，便可無憂無慮過著自給自足的幸福日子。直到事件發生……考驗人性的時刻到來……該假裝不知道？漠不關心？封鎖邊境？繼續自私下去？還是該報警？公諸媒體？展開調查？每個人在自己的位置上做出適合自己的人性選擇，或多或少摻雜了人性掙扎——這就是克婁代藉《犬列島》真正關心的問題：為了繼續安穩過日，忝為人類的我們能懦弱、逃避、無作為到什麼程度？

讀者諸君應該不難發現，《犬列島》所處的海域類似地中海。書中揭櫫的那三具黑人屍體，正是為了謀求更好生活，前仆後繼，不惜冒著生命危險從非洲偷渡到歐洲的非法移民，近十年來尤為常見。移民這個主題也一直吸引克婁代注意，從《林先生的小孫女》、《我一直深愛著你》、《托拉雅之樹》、《調查》，甚至連《非人》無不涉及。

克婁代認為當今媒體及政治效率不彰，從而期許文學能扮演更積極的角色，希望透過文學喚醒良知，一本書或許力量不足，但兩本、三本、無數本，潛移默化中，文學終可改變人心。於是重視「文以載道」的克婁代歷經五年醞釀出這本寓言式的《犬列島》，可以想見的，未來他還會透過無數本表現他的人道關懷。

《犬列島》是我繼二〇〇八年的電影《我一直深愛著你》、二〇一七年的《非人》，翻譯的第三部「克婁代」。我始終認為，除了作者以外，譯者應是最理解作品的人，那麼，忝為《犬列島》譯者的我，野人獻曝，茲就對此書的一點「貼身」觀察，與讀者諸君分享：

I. 象徵：

書中人物沒有名字，而以個人代表的功能取代之。其中幾個主要人物，例如：市長代表政治權威、醫生代表科學、神父代表宗教、男老師代表知識等。這些功能性分類，正符合社會中最主要的幾大權責分類。透過這些象徵，人名成了集合名詞，思維與作為代表該群體可能（應該）會有的思維與作為。這是本書的一大特點，也是令我頗為驚艷之處。

---

* Jean Renoir, *La Règle du jeu*, 1939

** *Le plus terrible dans ce monde c'est que chacun à ses raisons.*

II. 面對黑暗：

那三具被海水沖上沙灘的黑人屍體，使得島民陷入作為或不作為的兩難。而人類面對黑暗的反應，正是本書的觀察重點。事實上，克婁代在書中也直接點明：

大多數人都不曾懷疑自己有黑暗面，殊不知每個人都有。通常遇到戰爭、飢荒、災難、革命、種族滅絕等狀況，黑暗面才會顯露出來。於是，當我們第一次面對自己的黑暗面時，內心兀自震驚，不寒而慄。（第XV章）

此言甚是。承平時期，人人良善，一旦遇到狀況，你我還能維持忝為人類的最基本道德底線嗎？

III. 敘事角度：

制高點。克婁代在Stock出版社的訪談中就表示，他好像拿著顯微鏡，將他創造的這個小社群，放進蓋玻片和載玻片中，隨後加入被沖上岸的三具黑人屍體，進行培養觀察。拉高觀察點，除了可與書中人物拉出距離，維持中立外，也可以「全知全能」的角度俯瞰芸芸眾生，但也令我不禁納悶，克婁代是否將自己置於造物者的制高點，用他那只「作者之眼」取代「上帝之眼」，乃至於取代「衛星之眼」在觀察《犬列島》的培養、發酵，終至變質、腐爛。如第I章，他就寫道：

我是麻煩製造者。任何東西在我面前都無所遁形。我什麼都看得見。我什麼都知道。然而我什麼都不是，我也打算繼續這樣。既非男亦非女。我是那個聲音，如此而已。

IV. 氣味：

跟Covid-19一樣，這個隱形的敵人，揮之不去，正因為看不見，益發威脅，令人恐懼莫名。克婁代巧妙地利用氣味造成懸疑，營造「偵探辦案」的未知氛圍（《犬列島》畢竟也是個偵探故事），這股臭味，究竟來自於那三具屍體？還是火山？還是暗指島上甚囂塵上的謠言隱喻？只怕最可能的還是忝為人類的你我變餿、發臭的味道吧？

V. 電影蒙太奇跳接手法：

這是克婁代喜歡而且運用嫻熟的寫作手法。尤其是第XIII章，探長初來乍到，去拜訪市長，探長走後，市長對好友醫生講述經過。從這一大段中，明顯感受到鏡頭忽遠忽近、拉長又特寫。利用蒙太奇跳接，做出如同電影中的場景調度。例如：

「我寧願說服自己是我誤解了，要不就是他醉得忘了自己是老幾，儘管他聲稱自己從沒喝醉過。我忍住。我告訴他，我們這個他口中的世界的屁眼，可沒有完全跟世界斷了聯繫。我們有電視。」（市長對醫生回述）

「這有什麼大不了！電視！咱們可是在二十一世紀啊！醒醒吧！你認為你們可以一直與世隔絕下去嗎？喏，帶我過來的正是二十一世紀。」（直接跳回之前市長跟探長談話）

從這一刻起，探長大發議論，胡言亂語，長篇獨白，衝著市長說了半個小時，同時清空了一瓶茴香酒。至於市長，他想知道，這個招了邪的傢伙是從哪個瘋子寫的哪幕小丑鬧劇裡蹦出來的。

VI. 哲學借用：

尼采的「上帝已死」（第XIII章）、卡夫卡《變形記》（第XV章），以及西西弗斯（第XV章）等。

VII. 隱喻：

概略分為神話和宗教兩方面。神話方面，例如：愛神阿芙蘿黛蒂和冥王黑帝斯的乳房（第I章）、歐西里斯和卡戎（第XIV章），以及多處看到的西西弗斯（如第XV章），大家相對熟悉，我就不再贅述。至於宗教方面，除了奶與蜜（第I章）、「最後的晚餐」、猶大（第XV章）、新應許之地（第XXIV章）等，我想特別提出來下列各點與大家分享：

1. 聲音

我是那個聲音（第I章）

此地的聲音（la voix）不是隨便哪個聲音，而是全知全能的超現實聲音，極可能來自天上……舉個大家可能都知道的例子，農村女孩貞德就是（數度）聽到「聲音」，從而得到天啟，起而抗英。這就呼應了我在III中所提及的作者採「制高點」敘事角度的說法。

2. 羔羊

以羔羊的意象描述男老師的純潔、順從，終至成了「替罪羔羊」（bouc émissaire）。

> 隨之而來的是長時間沉默，在座的幾個人愣住，無比為難。八成有人以為坐立難安的男老師會再度發言，挑戰市長的這番話，但他什麼也沒做，只有神經質地搔搔他那一頭羔羊般的金髮。（第IV章）

3. 提洛紅：

提洛（Try，或譯為推羅）*，位於地中海東部沿岸，為古代海洋貿易中心，今屬黎巴嫩。這座海上稱霸的名城，在《聖經》中是一個屬於無恥商人、崇拜偶像與行邪淫的城市，遭到先知強烈譴責。舊約《聖經》中，先知厄則克耳**就預言了提洛最後的衰亡***。而「提洛紅」則可能是從一種生長在樹上的紅昆蟲所提煉出來的染料，主要藉由提洛出口到地中海一帶，故而稱其為

「提洛紅」。

甲板塗著島上特有的那種桃紅色，提洛紅，因為島上所有船全塗了這種顏色，所以這顏色成了這座島的一種標章，一種識別方式，也是一種驕傲。（第XXV章）

知道「提洛紅」的由來後，再回頭看這段，就不難發現其實作者早已暗喻犬即將毀滅。

4. 跳高：

克婁代在《犬列島》中安排跳高這項運動以臻於等同於「升天」的境界。

他（神父）經常試圖一下說服這個，一下說服那個，叫他們必須從年輕女運動員的優雅高起之姿中，看出現代版的聖母升天身影，天主之所以創造了跳高，正是為了讓罪男罪女能接近祂

* 我採天主教思高本《聖經》譯本，譯為「提洛」。

** Ezekiel，新教譯為以西結。

*** 天主教思高本〈厄26:1-28:19及29:18-20〉。

啊。（第IX章）

跳高這個動作本身就代表過渡，是一個過程，從地面（人世）躍起，升高到天際（天堂），或從一挺腰，力圖從死亡之上一躍而過，重返人世（第XXX章），具有跨界可能性，使得跳高這個意象分外有趣。

5. 諾亞方舟：

「諾亞方舟」出自〈創世紀 6:18-20〉，記載天主要諾亞除了帶著一家老小外，還要帶上各種飛禽走獸各一對以逃避大洪水。只不過克婁代十分悲觀，他安排的「諾亞方舟」裡面始終缺了動物……然而，大洪水卻千真萬確地發生了……（第XXX章）

至於譯文表現方面，我期許自己力求用詞精準，儘量以不慍不火的收斂用詞來表現克婁代一慣的冷冽、冷靜、冷漠、冷眼旁觀，以沒有顏色的顏色來展示克婁代愛用的灰黑白。至於成功與否，尚請讀者諸君不吝指正。

不過這次我在開宗明義第Ⅰ章第一段大膽採用文白參半的譯法。雖然許多人視譯文文白參半為一大詬病，但我經過向身邊文友做了問卷調查，最後決定採用文白參半的方式翻譯。理由如下：

首先作者這段就是以極優美詩意的用詞表現。

這一小段相當於《犬列島》的楔子，是作者的警世之語。

一則寓言故事的開場。

我認為以文白參半表現，更能帶出起著等同於中世紀拉丁經文開頭詞（incipit）作用的那種饒有古意的勸世味道。

以上就是我針對這一小段如此處理的理由，尚請讀者諸君明鑑與指教。是的，我也有我的理由，畢竟，這是一個人人有理的世界，不是嗎？

結語

二〇一七年克婁代應邀來台參加國際書展，當時木馬文學線主編和他有過一場私人訪談，請我去當口譯。克婁代褐色的眼睛極其銳利，猶如天空盤旋的鷹隼，看準獵物，便會倏地撲下。我幾度迴避他的目光，畢竟沒人願意被別人——尤其是作家——看穿吧？犀利、洞悉、好奇、審視、觀察、研究，那是一對令我「不舒服」（或「不安」？）的眼睛，那是一對會「看穿你的」眼睛，但，那正是一對「作家」的眼睛……猶如克婁代自己在《犬列島》中對「當代天眼」——衛星——的形容：精確得跟魔鬼似的（第VIII章）……

繆詠華 書於Covid-19肆虐下
二〇二〇年四月二十六日

菲立普．克婁代 作品集 08

犬列島 L'Archipel du Chien

作者　菲立普．克婁代 Philippe Claudel
譯者　繆詠華

社長　陳蕙慧
副總編　林家任
行銷　陳雅雯、尹子麟、洪啟軒
排版　宸遠彩藝
封面繪圖　Norman Normal
封面設計　井十二設計研究室
印刷　通南彩色印刷股份有限公司

讀書共和國集團社長　郭重興
發行人兼出版總監　曾大福
出版　木馬文化事業股份有限公司
發行　遠足文化事業股份有限公司
地址　231 新北市新店區民權路 108-2 號 9 樓
電話　（02）2218-1417
傳真　（02）8667-1891
客服專線　0800-221-029
信箱　service@bookrep.com.tw
法律顧問　華洋法律事務所 蘇文生律師
出版日期　2020 年 6 月 初版一刷
定價　新台幣 320 元

國家圖書館出版品預行編目

犬列島 / 菲立普 . 克婁代 (Philippe Claudel) 著 ; 繆詠華譯 .
-- 初版 . -- 新北市 : 木馬文化出版 : 遠足文化發行 , 2020.06
232 面 ; 14.8×21 公分 . -- (菲立普 . 克婁代作品集 ; 8)
譯自 : L'archipel du chien

ISBN 978-986-359-802-2（平裝）

876.57　　109006535